suhrkamp taschenbuch 4827

naked man
who burns

Wie aus Opfern Täter werden, in welcher Weise dieser unaufhaltsame, alle Grenzen der Grausamkeit sprengende Prozess abläuft – dies erzählt Friedrich Ani, der Meister des Noir, hochspannend, überraschend und einfühlsam.

Im Alter von vierzehn Jahren flieht ein Junge aus dem süddeutschen Dorf Heiligsheim. Vierzig Jahre später kehrt er als Ludwig »Luggi« Dragomir zurück: Alkohol, Drogen und alle gegen sich und die anderen ausgefochtenen Kriege in Berlin konnten die Erinnerungen an den Missbrauch seiner Spielkameraden und seiner selbst durch die Honoratioren von Heiligsheim nicht verdrängen. Die Schuldgefühle, seine Freunde nicht beschützt zu haben, treiben ihn an.

Seit seiner Anwesenheit verschwinden gleich mehrere ältere Herren, einige werden tot aufgefunden – ob durch Unfall oder Mord, das versucht Kommissarin Anna Darko herauszufinden. Dabei gerät auch Ludwig ins Visier, weil er ein Verhältnis mit der Ehefrau eines der Vermissten hat – den er als Gefangenen im eigenen Haus malträtiert. Denn in Ludwig Dragomir hat Wut die Oberhand erlangt, und nun »durfte sie brennen« …

Friedrich Ani, geboren 1959, lebt in München. Er schreibt Romane, Gedichte, Jugendbücher, Hörspiele und Drehbücher. Sein Werk wurde mehrfach übersetzt und vielfach prämiert, u. a. mit dem Deutschen Krimipreis, dem Adolf-Grimme-Preis und dem Bayerischen Fernsehpreis. Sein erster Roman im Suhrkamp Verlag, *Der namenlose Tag,* wurde mit dem Deutschen Krimipreis und dem Stuttgarter Krimipreis ausgezeichnet und belegte Platz 1 der KrimiZEIT-Bestenliste.

FRIEDRICH ANI
NACKTER MANN, DER BRENNT

Roman

Suhrkamp

Erste Auflage 2017
suhrkamp taschenbuch 4827

Umschlag: ZERO Werbeagentur, München
Umschlagfoto: James Wragg / Trevillion Images
Druck: CPI – Ebner & Spiegel, Ulm
Printed in Germany
ISBN 978-3-518-46827-2

NACKTER MANN, DER BRENNT

1

Gelobt sei Jesus Christus, dachte ich, bekreuzigte mich und öffnete die Tür zur Abstellkammer, in der mein Gast geduldig seine Angst ausbrütete. Er starrte mich an, und ich schloss die Tür wieder. Der Tag versprach mir zu gefallen.

Als ich das Haus verließ, läuteten – zu Ehren des verstorbenen Apothekers Eduard Rupp – die Glocken der Sankt-Michael-Kirche. Das bedeutete, ich hatte mich verspätet. Niemand im Dorf erwartete mich bei der Zeremonie, aber wegen der alten Zeiten und der Sache im Wald fühlte ich mich verpflichtet hinzugehen.

Ich hatte meinen einzigen schwarzen Anzug und ein dunkles Hemd angezogen und eine schmale schwarze Krawatte umgebunden. Ich schaute in den Spiegel und kam mir vor wie ein Rockstar der sechziger Jahre. In einem Anfall kindischen Übermuts lief ich ins Wohnzimmer und holte meine marode Fender. Ich hängte mir die Gitarre um, posierte vor dem Spiegel, schlug mit dem Zeigefinger auf die Saiten, minutenlang, E-Dur, G-Dur, D-Dur, F-Dur – als probte ich einen Song, strumpfsockig, stumpfsinnig, stumm und mit verzerrtem Gesicht. Einer meiner Anfälle von gut geübter Lächerlichkeit.

Tatsächlich hatte Regina mich gefragt, ob ich nicht ein Stück auf der Beerdigung spielen wolle. Ich zierte mich eine Weile, um glaubwürdiger zu erscheinen. Dann verneinte ich und erklärte, der Respekt vor den Toten verbiete dilettantisches Klampfen am offenen Grab. Vermutlich war Regina die Einzige, die mich in der Kirche vermisste.

Den Kopf gesenkt, die Hände vor dem Bauch gefaltet, schloss ich mich der Trauergemeinde beim Verlassen des Gotteshauses an, nachdem ich eine halbe Stunde durch die Gräberreihen geschlendert war, in Erinnerungen schwelgend.

Von all den Gesichtern, dem Gebrüll der Stimmen, den Ausdünstungen der Körper, den peitschenden Händen und zutretenden Füßen, den triefenden Augen und sabbernden Mündern waren nur noch Namen übrig, teilweise verwaschen und verblasst, auf einem grauen, schwarzen, weißen oder braunen Stein, durchweg gepflegt, genau wie die unkrautlosen, gleichförmigen Vergissmeinnicht-Rabatten – ein Paradies der Menschenlosigkeit.

So war mir dieser Friedhof schon als Kind vorgekommen, und ich liebte und verehrte diesen Ort. Deshalb empfand ich es immer als eine Schande, dass der Vatikan mir seinerzeit keine Urkunde anlässlich meines zehntausendsten Besuches verliehen hatte.

»Da bist du endlich.« Die Stimme schrammte an meinem Nacken entlang. »Wieso bist du nicht in der Messe gewesen?«

Ich brauchte mich nicht umzudrehen. Der Geruch ihres Parfüms reichte aus, um mir ihr von verkrampfter Erwartung gezeichnetes Gesicht vorstellen zu können. Ihre Nähe am Tresen vermittelte mir jedes Mal eine Aura von Altersarmut. Wenn Regina mir das Glas hinschob oder ihr eigenes nahm und mir zuprostete, wirkten ihre knochigen

Finger wie eingehüllt in gebrauchte Haut, die schon alt war, als Regina geboren wurde. Angeblich war sie vierundfünfzig. Neben der mindestens siebzigjährigen Witwe des alten Rupp ging sie als deren ältere Schwester durch – zumindest in meiner Vorstellung und dem schäbigen Tageslicht.

Während der Priester den aufgebahrten Sarg mit Weihwasser segnete und einer der beiden Ministranten das Weihrauchfass schwenkte – das Geräusch der Kette klang vertraut in meinen Ohren –, warf Regina mir Blicke zu, die sie unter ihrer schwarzen Schirmmütze für unauffällig hielt.

Wir waren in Heiligsheim. Jeder der dreitausend Dorfbewohner war mit Augen größer als Flutlichtscheinwerfer auf die Welt gekommen. Einige hatten sogar – Furunkel ihres verhunzten Erbguts – unsichtbare Nachtsichtgeräte auf der Stirn. Jeder hier sah alles.

So funktionierte die Schicksalsgemeinschaft in der Senke unterhalb des tausendvierhundertzweiundfünfzig Meter hohen Felsenkellers. Das erste Blinzeln eines Neugeborenen landete automatisch in der geheimen Datenbank eines jeden Mitbürgers, auf dass diesem kein Wimpernschlag entging, kein unerlaubtes Zucken eines Lids, keine Träne, kein verschämter Blick.

Regina mühte sich umsonst. Ungeniert beobachtet von Johanna Geiger, die von der anderen Seite des Erdhügels unter ihrem Hutschleier herüberschaute, wandte sie mir halb den Kopf zu und berührte mich mit der Schulter.

Ich stand reglos da, scheinbar versunken in das allgemeine Vaterunser, ließ meine Lippen die Worte formen, als müsste ich mir Gebete von der Seele murmeln.

Reginas Parfüm umwaberte mich.

»Kommst du mit in den Postillion?«, flüsterte sie. Ich zögerte, bevor ich nickte. »Wir setzen uns an einen Tisch.« Weil ich nicht antwortete, fügte sie hinzu: »O. k., du?«

Ihr Mann war seit fast drei Wochen spurlos verschwunden, und sie flirtete auf einer Beerdigung.

Vom Balkon im ersten Stock meines Hauses konnte ich auf den bewaldeten Felsenkeller schauen. In einer inzwischen wiederaufgebauten Berghütte hatte angeblich König Ludwig II. heimlich Lesungen mit dem Schauspieler Josef Kainz veranstaltet, mit einem einzigen Zuhörer: ihm selbst. Dort rezitierte er auch seine ohne Wissen der Familie eigenhändig verfassten und von den Werken Sacher-Masochs inspirierten Verse, vor einem Publikum, das ebenfalls nur aus einer Person bestand: dem jungen österreichisch-ungarischen Mimen.

In den drei Jahren seit meinem Einzug war ich praktisch nie draußen gewesen, um mich einer Art Ausblick hinzugeben. Ich genoss andere Dinge. Die Stille im Haus. Den allmählich schwindenden Tag. Eine bestimmte Sorte von Erinnerungen. Das Bier in der Pumpe und das damit verbundene Anschwellen des Ekels, der – wenn ich den Absprung verpasste und Reginas Hand mich berührte – in den sackleinenen Hass des Büßers überging, der ich in meiner Jugend zu oft gewesen und den zu vernichten ich nach Heiligsheim zurückgekehrt war.

In diesen Momenten – allein daheim oder mit der Wirtin in der Kneipe – empfand ich eine beinah heilende Ruhe in mir. Als wäre alles, was geschah, im Einklang mit dem einen Traum, der mir noch blieb.

Zum ersten Mal seit Jahrzehnten gehörte mein Leben wieder ausschließlich mir – und ich holte mir noch einen

Löschzwerg aus dem Kühlschrank oder bestellte bei Regina ein Chriesiwasser.

Allerdings war ich in der Nacht vor der Beerdigung des alten Apothekers tatsächlich für ein paar Minuten auf den Balkon hinausgetreten. Ich hatte mir eingebildet, in der Ferne einen ungewöhnlichen Lichtschein gesehen zu haben.

Wahrscheinlich hatte ich mich getäuscht. Da stand bloß wieder, wie ein aus der Dunkelheit gequollener Schatten, das mindestens einen Meter hohe Tier und glotzte reglos zu mir her. Alle paar Tage tauchte es auf, meist, bevor die Nacht begann. Streckte seinen langen Hals in die Gegend, hob seinen Hintern, damit die Welt den weißen Fleck besser sehen konnte, verharrte mit seinen vergilbten Haxen wie festgetackert im Gras, zerstörte mit einem einzigen bellenden Laut meine Stille und galoppierte dann zurück ins Unterholz. Keine Ahnung, wieso das Vieh nicht längst zu Wildbret mutiert war.

Eine Zeitlang beschäftigte mich meine Beobachtung noch. Dann legte ich mich im Bett mit dem Gesicht zur Wand und horchte.

Kein Mucks aus der Kammer meines Gastes.

Am nächsten Morgen erwachte ich wie von kalten Träumen innerlich geduscht, munter und zu Mitleid entschlossen.

Ich zog mir eine saubere Unterhose und ein erst zwei oder drei Mal getragenes schwarzes T-Shirt an. Im grauen Licht des Morgens begutachtete ich den Anzug, der seit drei Jahren unbenutzt im Schrank hing. Ich entdeckte keinerlei Auffälligkeiten, wählte das dunkelblaue, fast schwarz aussehende Hemd, zog es an und ging, barfuß und in Unterhose, in die Küche, um die Kaffeemaschine anzustellen.

Auf dem Herd stand der Topf mit dem Rest der Gemüsesuppe, die ich vorgestern gekocht hatte. Unsere beiden Teller und die Löffel hatte ich noch nicht weggeräumt.

Während ich den Kaffee trank, betrachtete ich genügsam das schmutzige Geschirr und die zerknüllten, grünen Papierservietten. Viel mehr gab es nicht zu sehen. Nach Möglichkeit vermied ich jede Form von Unordnung. So was regte mich auf, zerstörte die Anmut des freien Raums.

Zugegeben, auf solche Feinheiten achtete ich erst, seit ich das Haus gekauft hatte und praktisch ohne Möbel eingezogen war. Vorher hatte ich wie ein gewöhnlicher Großstadtsingle in einem preiswerten Apartment gehaust, wo es vor allem darum ging, die Toilette, das Waschbecken und die Dusche einigermaßen sauber zu halten. Das war mir in all den Jahren auch gelungen. Ich hatte gelernt, das Leben eines Mannes zu führen, der nicht weiter auffiel – außer im Geschäft. Da hatte ich das Sagen, und die Angestellten wussten, dass ich laut werden konnte, wenn die Abläufe durcheinandergerieten.

Ich wollte nicht mehr laut werden.

Ich wollte in keiner lauten Stadt mehr wohnen. Die Zeit der Besinnung und der Abgeschiedenheit war angebrochen. Fast ein Jahr hatte ich benötigt, um zu begreifen, was zu tun war.

In der Nacht vor meinem fünfzigsten Geburtstag hatte die lautlose Erschütterung begonnen, ein Aufstand der Geräusche aus dem Maschinenraum meiner eisern behaupteten Existenz.

Tag um Tag, Monat um Monat hatte ich dabei zugesehen, wie alles in mir zum Stillstand kam. Wie die Motoren, die ich über die Jahrzehnte gewissenhaft geölt und poliert hatte, allmählich verreckten und einen ausgelaugten, erkalteten Kadaver zurückließen, den die Leute weiter für den Besitzer der Le-Chok-Bar in Charlottenburg hielten, anstatt zu erkennen, wer er ihn Wahrheit war: ein Schatten ohne Jugend.

Zum Glück behandelten mich Gäste und Angestellte wie immer.

Als ich die Geschäfte meinem Partner Emil Paulsen übergab, richteten sie ein großes Fest für mich aus. Hätte mich beinah aus der Fassung gebracht.

Manchmal, an einem sehr stillen Morgen, bei einem Haferl Kaffee in der Küche, dachte ich an Berlin.

Dann wurde mir wieder bewusst, weswegen ich hier war. Ich scheuchte die Bilder aus meinem Kopf, zog mir eine Hose an und machte mich ans Werk.

Heute Bibelstunde.

»Herr Jesus Christus …«

Ich wartete.

Wir saßen in der Kammer, er auf dem Bett, ich auf dem Stuhl vor der offenen Tür, ich mit dem in braunen Kunststoff eingebundenen Schulheft in den Händen, er ordnungsgemäß die Hände hinter dem Rücken. Vom Flur zog kühle Luft herein.

Die Kammer hatte kein Fenster.

Im Gegensatz zu mir trug mein Gast einen blauen Trainingsanzug. Von der Sorte besaß ich zwei weitere, identische Exemplare, die ich aus Berlin mitgebracht hatte.

Was uns einte, war die Barfußhaftigkeit.

»Wenn ich mich wiederholen muss«, sagte ich, »kannst du dein Wasser heut vergessen.« Ich legte einen geliehenen Tonfall in meine Stimme, erinnerte mich aber nicht an den Schauspieler und die Figur, bei der ich mich bediente.

»Du bist auf der Erde genau wie ich …«

»Du bist hier auf Erden einmal genauso alt gewesen, wie ich es heute bin.«

Ich sah ihn an. Er sprach den Satz fehlerfrei nach.

Das unwesentlich vergilbte Papier knisterte bei jeder Bewegung. Die blaue Schrift stolzierte in geschwungenen Buchstaben aufrecht und stolz über die Linien, grammatikalisch einwandfrei.

»Hilf mir«, las ich, »dass alles, was ich heute hier in der Schule, draußen auf der Straße und daheim bei meinen Eltern rede und tue, Deinem göttlichen Willen entspricht. Lass auch mich zunehmen an Alter, Wissen und Gnade vor Gott und den Menschen.«

Natürlich musste ich ihm, wie meist, mehrmals mit der Faust gegen die Stirn schlagen, weil er sich verhaspelte oder die simplen Sätze umstellte.

Schließlich erreichten wir das Ende des Absatzes.

»Amen«, murmelte er.

Nach der fünften Wiederholung stimmte die Lautstärke.

Sein Bauch beulte die Trainingsjacke aus. Es kam mir vor, als hätte er seit seinem Aufenthalt im Haus noch kein Gramm verloren. Das war unwahrscheinlich, denn ich servierte ihm nichts als Wasser, schwarzen Tee, Gemüsesuppe und eine Scheibe Brot am Tag. Daran starb man nicht.

Vermutlich hatte ich sein Übergewicht anfangs geringer eingeschätzt oder nicht beachtet, was eher zutraf.

Jedes Mal wenn ich die Kammer betrat, starrten seine blaugrauen Augen mich an. Wegen des Geschirrtuchs, mit dem ich ihn geknebelt hatte, blieben seine Kommunikationsmöglichkeiten begrenzt. Mittlerweise hatte er sich daran gewöhnt. Er strampelte nicht mehr mit den Beinen oder schlug mit dem Kopf auf die Matratze, aus Angst, er würde ersticken.

Ihm war klar geworden, dass er vorerst hier war, um zu überleben, mein Leben mit mir zu teilen, ein paar Dinge zu klären und mit mir zu beratschlagen, ob es eine Zukunft geben könnte. Für uns beide.

Ich ließ ihn an den Füßen gefesselt ins Badezimmer trippeln, passte auf, dass er sich ausgiebig wusch und die Zähne putzte, ließ ihm Zeit für seinen Stuhlgang und servierte ihm anschließend seinen Tee.

Innerhalb von drei Wochen hatte er die Regeln begriffen und verinnerlicht.

Wir tauschten uns über alles Mögliche aus – die Ereignisse im Dorf und in der Welt, Politik und Religion, Heimat und Frauen, Fußball, Einsamkeit und alte Freunde.

Ich erhob mich. »Lass uns für Tobi beten.«

Seine Augen verrieten Ahnungslosigkeit. Das ärgerte mich. Ich schlug ihm zwei Mal mit der Faust gegen die Stirn. Der Kopfteil des Metallbetts gab ein dumpfes Geräusch von sich. Mein Gast kippte zur Seite und blieb reglos auf der einen Meter zwanzig breiten Matratze liegen.

»Was ist los?«, fragte ich.

Sein Brabbeln war nicht zu verstehen.

»Gebet für Tobi«, sagte ich.

Das Hemd war mir aus der Hose gerutscht. Ich stopfte es unter den Gürtel und nahm das Heft, das ich auf den Stuhl gelegt hatte.

»Herr Jesus Christus …«

Wie alt ich war, als ich die Übungen aus dem Religionsunterricht niedergeschrieben hatte, wusste ich nicht mehr. Unübersehbar stammte die Schrift von einem gelehrigen, gehorsamen Schüler, der dem Lehrer keinen Anlass geben wollte, ihn zu tadeln.

»Mach unseren Ferdl wieder lebendig. Wir bitten dich, Herr. Wir bitten dich von allem Herzen. Mach auch unseren Boxer bald wieder gesund. Mach auch, dass der Arzt ihm helfen kann.«

»Von allem Herzen« hatte ich geschrieben.

Ich dachte über die Formulierung nach, während das Stöhnen im Bett in das Winseln eines angeschossenen Hundes überging.

»Von allem Herzen«, wiederholte ich. »Du weißt, wen ich mit Boxer meine. Wen?«

Er antwortete nicht.

Das Geschirrtuch, das ich ihm aus dem Mund genommen hatte, hing über der Stuhllehne. Als ich aufstand und danach griff, fuhr sein Kopf herum. Aus seinem Mund drang ein Schnauben. Seine Augen sabberten.

»Was ist los?«, fragte ich erneut. Wieder einmal war die Situation aus dem Ruder gelaufen. »Wir wollten beten«, sagte ich, »und du benimmst dich nicht.«

Seine Erwiderung erstickte ich mit dem Geschirrtuch. Wesentlich früher als geplant verknotete ich die Schnur seiner gefesselten Hände wieder am Metallgestell.

Nachdem ich die Knoten am Fußende überprüft hatte, schob ich den Stuhl zurück in den Flur, schloss die Tür und sperrte ab.

Augenblicklich kehrte die Stille ins Haus zurück.

In der Kanne war noch ein Rest Kaffee. Ich setzte mich

an den Küchentisch und las in meinem alten Religionsheft.

Lange Zeit hatte ich die katholische Kirche – das Gebäude ebenso wie die Geschichten der Bibel – als einen Zufluchtsort empfunden, eine Bleibe außerhalb der Dunkelheit, erfüllt vom magischen Zauber des Tabernakels und der Unbeirrbarkeit des Ewigen Lichts. Bis ich begriff, dass der Priester mit dem Talar auch sein Kirchengesicht ablegte und als ein Mann in den Sonntag hinaustrat, dem außer seinem Ansehen und der Unterwürfigkeit alter Frauen nichts heilig war.

»Gott hat uns die Sünden nachgelassen«, ließ er uns schreiben. »Wenn er so gut gegen uns war, wollen auch wir gern gut sein und anderen Gutes tun. Dazu gibt es viele Gelegenheiten.«

Ich dachte an Ferdl und die Gelegenheit, die Herr Rupp nutzte, als der Junge in die Apotheke kam und Schmerztabletten für seine Mutter verlangte.

Frau Ballhaus litt unter Kopfschmerzen und ständiger Übelkeit. Das erzählte meine Mutter, als ich sie fragte, warum Ferdls Mama bleich wie der Tod aussehe. Ein ums andere Mal hatte ich sie beobachtet, wie sie auf dem Bürgersteig schwankend stehen blieb und sich an einem Baum oder einem am Straßenrand geparkten Auto abstützte. Ferdinand, ihr Sohn, war ein paar Jahre jünger als ich. Ich kannte ihn aus der Kirche, wo er im Chor sang und unbedingt Ministrant werden wollte. Pfarrer Schubert hielt ihn für noch zu klein.

Anders Herr Rupp.

Ein freundlicher Mann in einem weißen Kittel, der jedem Kind, das in seine Apotheke kam, ein Bonbon schenkte. Ab und zu stellte er sich auch vor die Tür, rauchte eine Zigarette. Wenn einer von uns zufällig vorbeiging, griff Herr Rupp in seine Kitteltasche und holte einen Lutscher hervor.

Lutscher und in durchsichtiges Cellophan eingewickelte, pappig schmeckende Bonbons gehörten zu ihm wie die Brille, sein dünner Schnurrbart, sein zerknitterter Kittel und der schiefe Zahn, der seinem Grinsen eine besonders komische Note verlieh.

Später begriff ich, dass nichts an ihm komisch war, sondern seine gesamte Person ein Verbrechen auf zwei Beinen. Damit war er nicht der Einzige im Dorf. Aber er hatte Ferdl auf dem Gewissen, er allein.

An der Ermordung der anderen Kinder waren noch weitere Männer und Frauen beteiligt, obwohl ich nicht beeiden würde, dass Herr Rupp einer der Drahtzieher war.

In der schönen Übung stand: »Manche Gelegenheit, Gutes zu tun, müssen wir erst entdecken. Mach die Augen auf und tue dann das Gute sogleich. Jesus hilft dir dabei.«

Das war schon damals mein Gedanke, dachte ich am Küchentisch und trank den letzten Schluck Kaffee und vergaß die Zeit.

Wohin wir auch gingen, was immer wir taten, Herr Jesus blieb an unserer Seite. Er hatte, wie so viele im Dorf, das Geschehen bei Tag und Nacht im Blick. Er ließ uns nicht allein, den Herrn Hofherr ebenso wenig wie den Herrn Geiger, die Frau Lange nicht und den Herrn Lange nicht und den praktischen Arzt, Dr. Stein, erst recht nicht.

Und von Herrn Rupp nahm Jesus sogar einen Lutscher an, obwohl er kein Kind mehr und kein Einheimischer war. ER war da. Ich betete zu ihm, kniete vor dem Altar, schwenkte das Weihrauchfass, las die Verse des Evangeliums öffentlich vor, trug ein weißes Gewand und ließ mich vom Pfarrer Schubert umarmen, wie er es mit allen Ministranten machte.

Wir waren die Gemeinschaft des Herrn, sagte der Herr Pfarrer oft und küsste uns auf die Wangen, um uns zu segnen. Im Haus der Liebe, sagte er, würden wir ein und aus gehen und hätten die Pflicht, zu singen und zu schweigen. Denn was im Haus der Liebe geschehe, sei für die Liebenden allein bestimmt, für niemanden sonst.

Zu Ehren von Pfarrer Schubert hatte ich Gedichte geschrieben und sie wie Fürbitten vorgetragen.

»Gutes tun macht Freude«, las ich zum Flur hinaus.

Aus der Kammer kam andächtiges Schweigen.

»Der Nächste freut sich. Du selber wirst froh, und vor allem Gott hat Freude daran. Der Mutter sagen: Kann ich dir etwas helfen? Teller spülen. Die Türe leise schließen. Für die Eltern täglich beten. Abtrocknen helfen. Die Schuhe für die ganze Familie putzen. Holz und Kohlen aus dem Keller holen. Schauen, welche Arbeit du den Eltern abnehmen kannst.«

Einen Moment überlegte ich, ob ich meinem Gast die bunten Zeichnungen zeigen sollte, die ich im Auftrag des Pfarrers zu seinen diktierten Sätzen angefertigt hatte – unvergilbte Buntstiftbilder von Gotteshäusern, Altären und Erwachsenen. Jesu irdische Heimat.

Einmal, an einem Wintertag im Dezember, sah ich die bleiche Frau Ballhaus auf dem Bürgersteig. Sie ging mit schleppenden Schritten und gesenktem Kopf, Hand in Hand mit ihrem Ferdl.

Dann blieben sie gleichzeitig stehen und umarmten

einander. Sie beugte sich zu ihm hinunter, und ihr Sohn schlang seine Arme um sie wie um den Baum des Lebens.

Da wusste ich, dass im Haus der Liebe alles Lüge war.

»Tschüss«, rief ich von der Haustür in den Flur.

Niemand antwortete.

2

Neben mir am Kopfende saß ein siebzigjähriger Mann und weinte.

Vor der Tür des Gasthauses hatte er sich als Freund des Verstorbenen vorgestellt und seinen Namen genannt, den ich mir gut merken konnte, weil er zur Situation passte. Fromm. Seinen Vornamen hatte er mir verschwiegen.

Er löffelte, wie die meisten Trauergäste, seine Suppe mit gutem Appetit, ohne innezuhalten und ein Wort zu sprechen, was ich ihm gleichtat. Ich schwieg. Es kümmerte mich nicht, dass Regina, die sich rechts neben mich gesetzt hatte, ununterbrochen an meiner Hose zupfte.

Elf Frauen und sechs Männer gehörten zum engsten Kreis. Wir saßen am langen Tisch unter dem Gebirgsgemälde, im Nebenraum des Postillions, in den Barbara Rupp eingeladen hatte.

Für die übrigen Gäste blieben die kleineren Tische. Insgesamt waren wir ungefähr dreißig Personen, die dem Apotheker bei Bier, Schnaps, Suppe und Braten die letzte Ehre erwiesen. Ich war als Reginas Anhängsel dabei.

»Hab Ihren Namen vergessen.« Fromm wischte sich den Mund ab. Dann faltete er die Serviette ordentlich zusammen und legte sie neben die Terrine.

»Dragomir«, sagte ich. »Ludwig Dragomir.«

»Sie sind aber nicht von hier.«

»Nein.«

»Woher kennen Sie die Frau Rupp?«

»Als Kind war ich mit meinen Eltern regelmäßig im Dorf. Wir haben hier Urlaub gemacht. Und ich war oft krank und brauchte Tabletten.«

»Und jetzt leben Sie bei uns.«

»Das tue ich.«

»Gefällt's Ihnen?«

»Sehr.«

»Gute Wahl, Herr Dragomir. Einen schönen Flecken Erde hat der Herrgott uns geschenkt.«

Ich kramte nach Ironie in seinen Sätzen. Da war keine.

Also hob ich mein Bierglas. »Auf Eduard Rupp selig.«

Fromm nahm sein Weißbierglas, nickte mir zu, und wir tranken.

Regina zupfte wieder an meiner Hose. Ohne hinzusehen, schüttete ich ihr mein Bier ins Gesicht.

Die Fantasie dauerte nur eine Sekunde. Aber als ich mich der Wirtin zuwandte und mir ihr fiebriger Blick entgegenschlug, verspürte ich ein noch stärkeres Bedürfnis danach.

Fromm war betrunken und erklärte mir die Welt. Seiner Ansicht nach zählten die Hügel und Hänge im Südosten des Koglfelds zu den tückischsten Plätzen im gesamten Landkreis. Ungeübte Wanderer würden dort schnell mal die Balance verlieren und von den ungesicherten, glitschigen Wegen in die Schlucht stürzen.

»Hast mich?«, sagte er und deutete mit der flachen Hand auf den Boden neben seinem Stuhl. »Das sind Schluchten, nicht bloß Abhänge, wo man schon mal runterkugeln kann. Dann bleibst du in einer Wurzel hängen oder schlägst gegen einen Baum, brichst dir ein paar Knochen, und das Leben geht weiter. Die Leute überschätzen sich, wie im Meer, wie in den Bergen, kraxeln den Felsenkeller hoch und denken, das ist ein Spaziergang. Ist aber Hochleistungssport, wenn man's richtig betreibt. Verstehst du, Ludwig?«

»Ja«, sagte ich.

Mir war aufgefallen, dass vor einigen Minuten hinter mir eine Frau in einem dunkelblauen Mantel den Raum betreten hatte. Ich drehte mich nicht zu ihr um, nahm aber wahr, dass sie von Tisch zu Tisch ging und leise ein paar Worte wechselte. Einige der Anwesenden kannten sie offenbar.

Als sie an unseren Tisch kam, nickte sie der Witwe, die in der Mitte unter dem Gemälde saß, mit ernster Miene zu. Dann warf sie einen Blick in die Runde und ging wieder nach hinten, wo sie sich irgendwo dazusetzte.

»Hübsches Wesen«, sagte Fromm.

Mir war die Frau egal. Ich wollte nur lieber mit dem Naturexperten reden als mit Regina, deren Aura mittlerweile elektrostatische Ausmaße annahm.

Wie ich sie einschätzte, dachte sie an nichts anderes als an das Zimmer im zweiten Stock des Postillions, wo sie, wenn ihr Mann auswärts zu tun hatte, mich zu Handlungen zwang, die mir nicht nur Freude bereiteten. Andererseits überanstrengte ich mich nicht dabei.

Außerdem war ich in einem Alter, in dem ich zu einer vorzeigbaren Erektion plus vollständigem Samenerguss mehr liefern musste als labbrige Videos aus dem Internet oder gut abgehangene Fantasien.

Reginas Ledertasche mit ihren Lieblingsspielzeugen stellte daher eine echte Alternative dar.

In den Augen der Hotelbesitzer, die auch das Gasthaus im Parterre betrieben, brauchte ich als Künstler, Musiker, Komponist gelegentlich die Anonymität eines Hotelzimmers, um kreativ auszuspannen. Ich bezahlte im Voraus und tauchte immer allein auf. Von Reginas Anwesenheit wussten sie nichts. Ich schleuste sie ein, und sie verschwand auf leisen Pfoten wie ein geprügelter Hund.

So was klappte auch in einem Dorf aus Augen, wenn man den Fokus entsprechend verschob.

Der Fokus war ich. Und sie war genau genommen eine geprügelte Hündin.

Gleichzeitig nach der Bedienung Ausschau haltend und den neuen weiblichen Gast begutachtend, neigte der Naturversteher Fromm den Kopf in meine Richtung.

»Kennen Sie die Dame? Mir kommt die verdächtig vor. Wer hat die eingeladen? Weg mit der!« Seine vom Alkohol und einem verschwörerischen Unterton überforderte Stimme klang lauter als von ihm beabsichtigt. Die zwei alten Frauen uns gegenüber bedachten ihn mit Blicken, die einen Scheiterhaufen entzündet hätten.

Unbeeindruckt hob Fromm den Arm und schwenkte sein leeres Weißbierglas.

Wie schon die ganze Zeit saß ich mit dem Rücken zum Lokal. Ich hörte zu, schaute mich am Tisch um und erwiderte gelegentlich den Augenkontakt mit der schwarz gekleideten Frau am anderen Ende. Sie war um die achtzig, hatte eine hagere Gestalt und ein von hervorstehenden Wangenknochen geprägtes, wächsernes Gesicht mit hellen, wachen Augen, denen nichts entging. Beim Reden neigte sie den Kopf und tat, als würde sie zuhören. Aber – und das war nie anders gewesen – sie hörte nur mit halbem Ohr zu. Nichts, was um sie herum geschah, blieb ihr verborgen.

Etwas an mir schien sie zu irritieren. Während ihre Nachbarin ihr etwas erzählte, ließ sie mich nicht aus den Augen – so lange, bis Regina mich wieder am Bein zupfte, die Stirn runzelte und allen Ernstes zwischen mir und der Frau hin und her sah.

»Was ist?«, fragte ich.

»Was will die denn von dir? Wieso starrt die dich so an?«

»Frag sie.«

»Kennst du die Frau?«

»Ich kenne niemanden im Dorf.«

Sie verzog den Mund und schnaubte, wie jemand, der alles besser wusste. Dann trank sie einen Schluck ihrer abgestandenen Weinschorle. Sie schüttelte den Kopf, klopfte mit dem rechten Zeigefinger aufs Tischtuch und griff nach ihrer Handtasche, die sie an die Stuhllehne gehängt hatte. Sie kramte darin herum, holte eine Packung Zigaretten und ein Feuerzeug hervor.

Ich lehnte mich zurück und verschränkte die Arme – ein Verhalten, das den beiden Alten auf der anderen Seite sichtlich missfiel. Ihre Mundwinkel zuckten. Der Ausdruck auf ihren Gesichtern spiegelte ewige Verdammnis. Vielleicht waren sie Geschwister, katholisch vereint in Keuschheit und bedingungsloser Hingabe an das Wort des Herrn.

Pfarrer Segmüller saß, wie ich, mit dem Rücken zum Raum, rechts außen, neben der hageren Frau, die mich ins Visier genommen hatte. Angeblich hatte er – wenn es stimmte, was Regina mir berichtet hatte – in seiner Predigt den Verstorbenen zu einem Ehrenbürger der Menschlichkeit erklärt. Sein Leben habe Eduard Rupp dem Wohlergehen seiner Mitbürger gewidmet, Jungen wie Alten, Kindern und Kranken. Niemals habe er strikte Öffnungszeiten gekannt. Vielmehr seien seine Apotheke wie auch sein Herz Tag und Nacht für die Not anderer geöffnet gewesen.

Ich glaubte kein Wort. Regina schwor, sie sage die Wahrheit. Sie sei so ergriffen gewesen, dass sie sich jedes Wort gemerkt habe.

Der Pfarrer war in Schwarz gekleidet – schwarze Hose, schwarzer Rollkragenpullover, schwarzes Sakko. Er hatte schwarze, kurz geschnittene, scheitellose Haare und dunkle Bartstoppeln unter der Nase und um den schmalen Mund. Auf mich machte er den Eindruck eines Mannes in den Fünfzigern, dem sein Alter keine Sorgen bereitete. Der auf seinen Körper achtete und den jungen Leuten in der Schule ebenso entspannt die Lehren der Bibel nahebrachte, wie er den Alten Trost und Vergebung vermittelte.

Wie ich gehört hatte, lebte er mit einer Haushälterin zusammen, die nicht viel älter war als er und eine vierzehnjährige Tochter hatte.

Optimal, dachte ich nicht zum ersten Mal bei seinem Anblick und rutschte mit dem Stuhl zur Seite. Regina hatte mich wortlos gebeten, sie vorbeizulassen. Sie wollte vor der Tür eine Zigarette rauchen. Ihr Blick sagte mir, ich solle sie begleiten. Mein Blick erwiderte: keine Lust.

Kaum war sie gegangen, beugte sich jemand über den leeren Stuhl. Ich musste gerade an meinen Gast am Koglfeld denken und reagierte nicht sofort.

»Entschuldigen Sie, dass ich Sie störe«, sagte die Frau im dunkelblauen Mantel. »Darf ich mich einen Moment zu Ihnen setzen?«

Überrascht schaute ich sie an.

Es war die Frau, die später gekommen war und an unserem Tisch der Witwe zugenickt hatte. Ihre ungleichmäßig geschnittenen, weißblonden Haare wirkten ungekämmt. Sie hatte dunkle Ringe unter den Augen und meinem ersten Eindruck nach reichlich Kilos auf den Hüften, die sie mit einem weiten Pullover und dem Mantel zu kaschieren versuchte.

»Hallo«, sagte ich.

»Darf ich?«, wiederholte sie.

»Sicher.« Dämlich deutete ich auf Reginas Stuhl. In meinem Nacken spürte ich die Kraken von Fromms Neugier.

Die Frau setzte sich. Sie nickte den Frauen ihr gegenüber zu – ein zweites Mal auch der Witwe – und drehte den Oberkörper zu mir, den einen Ellenbogen auf der Stuhllehne, den anderen auf dem Tisch. »Ich würde Ihnen gern ein paar Fragen stellen.«

Ich war mir nicht sicher, was ich darauf antworten sollte. Ich wartete ab.

Fromms Neugier hatte gesiegt. »Sind Sie von der Versicherung?«, fragte er lallend.

»Wie kommen Sie auf Versicherung?«, fragte die Frau.

»Wegen dem Unfall, vom Herrn Rupp. Dass die Versicherung womöglich nicht zahlen will und Frau Rupp das Geld nicht kriegt, das ihr zusteht …«

»Nein.« Ein sprechender Schneeball landete in Fromms Gesicht. Er kapierte sofort und verstummte.

Entschuldigend hob er die Hand, zwängte sich aus der Ecke, erhob sich schnaufend, hielt einige Sekunden inne und machte sich einigermaßen aufrecht auf den Weg zur Toilette.

»Wie kann ich helfen?«, fragte ich.

»Mein Name ist Anna Darko«, sagte die Frau. »Kriminalpolizei. Ich möchte Ihnen ein paar Fragen zu Herrn Geiger stellen. Dem Mann, der seit Anfang des Jahres verschwunden ist. Wir haben gehört, Sie haben öfter mal mit ihm gesprochen, unten, am Bootshaus.«

»Stimmt.«

»Sehr schön. Entschuldigen Sie nochmals, dass ich Sie so überfalle.«

Sie brauchte mir ihre Dienstmarke nicht zu zeigen. Ich glaubte ihr auch so.

»Er fragte mich nach Geschichten aus der Kindheit«, sagte ich. »Meine Eltern und ich haben früher oft die Ferien in Heiligsheim verbracht.«

Der Blick der Kommissarin blieb starr wie der von der alten Frau am Kopfende.

Meine anfängliche Verwirrung hatte sich verflüchtigt. Ich fing an, die Nähe der Frau zu genießen und mich im Dunstkreis ihrer Fragen behaglich einzurichten. Nach wenigen Minuten kam mir ihre Stimme vertraut vor. Ihr zuzuhören, löste Ruhe in mir aus. Als wäre mir endlich jemand begegnet, den ich für ebenbürtig hielt, ein Geschäftspartner auf Augenhöhe. Mir fiel es schwer, nicht ständig auf ihren ungeschminkten, geschmeidigen Mund zu schauen, der, so bildete ich mir ein, ihren Worten Ehrlichkeit verlieh.

»Das interessiert mich sehr«, sagte sie. »Erzählen Sie mir mehr von Ihren Besuchen im Ort.«

Worauf immer sie damit hinauswollte, ich würde meine Lebensgeschichte vor ihr ausbreiten, falls sie genügend Zeit mitgebracht hatte.

Dann wurde mir bewusst, dass ich seit dem Auftauchen der Kommissarin keinen Gedanken mehr an Regina verschwendet hatte. Ich musste lächeln.

»Sie haben schöne Erinnerungen«, sagte Anna Darko.

»O ja.«

»Sie wirken auf einmal so gelöst.«

Viel fehlte nicht mehr, und ich würde den kleinen Spiegel, den ich aus bestimmten Gründen immer bei mir trug, aus der Innentasche meines Sakkos holen und mein Lächeln betrachten.

»Ich hatte viel Freiheit«, sagte ich. »Die Kühe waren meine besten Freunde.«

Jetzt lächelte sie auch. Ich vermied jeden Blick auf ihren Mund.

Stattdessen kehrte ich zu meinem Begräbnisgesicht zurück. Auch Anna Darko schien sich an die Schwermut der Situation zu erinnern und senkte den Kopf. Als sie ihn wieder hob, erschrak ich fast, so dienstbeflissen kühl und distanziert wirkten ihre Augen.

»Gehen wir vor die Tür«, sagte sie in hartem Tonfall. »Hier stören wir die Andacht.«

Was genau sie damit sagen wollte, war mir ein Rätsel. Ich erhob mich, wartete, bis sie sich ebenfalls erhoben hatte, und schob die Stühle an den Tisch, damit die zwei alten Damen mein gutes Benehmen würdigen mussten. Die Leute an den Tischen taten, als bemerkten sie unseren Aufbruch nicht.

Ein hinterhältiger Wind streute mir winzige Sandkörner in die Augen. Unweigerlich zuckte ich zusammen, was der Kommissarin nicht verborgen blieb.

Heftig blinzelnd, wandte ich mich ab. Ich zog ein Taschentuch aus der Hose und schnäuzte mich. Manchmal half das.

Anna Darko, das spürte ich im Rücken, ließ mich nicht aus den Augen. Sie hatte die wichtigste Heiligsheimer Grundregel schon begriffen.

»Geht's Ihnen gut?«, fragte sie.

Ich drehte mich zu ihr um.

Hundert Meter hinter ihr, vor dem Kiosk mit den überquellenden Zeitschriftenständern, unterhielt Regina sich mit einem Mann, den ich aus der Pumpe kannte, wo er jeden Tag nach der Arbeit als Bademeister im Schwimmbad das Weltgeschehen kommentierte. Er hieß Matthias Kleinschmidt, genannt Boxer, ein glatzköpfiger, übergewichtiger, kettenrauchender Trinker, auf dessen Einsatz man beim Ertrinken besser nicht hoffte.

Regina winkte mir kurz zu. Boxer beließ es bei einer schnellen Bewegung seines Schädels. Ich zeigte keine Reaktion.

»Hier draußen ist's zwar kälter«, stellte die Kommissarin erstaunlich schlicht fest. »Aber drinnen hatte ich den Eindruck, wir stören mit unserem Thema.«

Vor allem mich störte sie mit dem Thema schon die ganze Zeit, drinnen wie draußen.

Mit den Händen in den Hosentaschen nickte ich ihr zustimmend zu.

»Ist wirklich alles in Ordnung?«, fragte sie.

»Drei Biere auf nüchternen Magen.« Ich setzte eine schuldbewusste Miene auf. Jedenfalls hoffte ich, dass es so aussah. Sie kam einen Schritt näher, als wollte sie mich vor dem Wind schützen.

»Wo gestorben wird, muss auch getrunken werden«, sagte sie.

Ich traute meinen Ohren nicht. Steckte in diesem blauen Zivilmantel nicht nur eine sich taktvoll und neugierig gebende Kripobeamtin, sondern auch ein launiges, von der grausamen Unbill des Lebens beruflich gestreiftes, jedoch im Innern unversehrtes Geschöpf, dessen Anwesenheit nicht nur auf Polizeifesten zu einer beschwingten Stimmung beitrug?

»Hundertprozentig«, erwiderte ich mit einer Art Lässigkeit.

Der biestige Wind, der herumwirbelnde Staub, das Gebrabbel der alten Leute am Grab und im Gasthaus, Reginas Gezupfe und schließlich die aus irgendeinem Hut gezauberte Kommissarin mit ihrer märchenhaften Nettigkeit raubten mir den letzten Nerv.

Warum war ich nicht zu Hause geblieben?

Niemand außer Regina hatte mich gefragt, ob ich an der Beerdigung teilnehmen würde. Meine Anwesenheit spielte keine Rolle. Niemand hätte hinterher schlecht über mich geredet, wenn ich nicht erschienen wäre.

In diesem Dorf hatte ich keinerlei Verpflichtungen. Ich war der Künstler vom Koglfeld, der sich mit seinen Tantiemen das alte, seit fünf Jahren leer stehende Maurer-Haus gekauft hatte und seither ein unauffälliges, die Gemeinschaft nicht störendes Leben führte, durchaus gesellig, wenn es sich ergab. Alles in allem, so schien es, widmete ich mich meiner Kunst, komponierte erfolgreiche Musik fürs Fernsehen oder sogar fürs Kino – niemand wusste das so genau – und kümmerte mich ansonsten nicht um andere Leute.

Guter Witz.

Vielleicht sollten Frau Darko und ich gemeinsam bei Polizeifeiern auftreten und für die allgemeine Gaudi sorgen.

Sie blieb einfach vor mir stehen.

»Dann kennen Sie die Verhältnisse in der Familie Geiger schon von Kindheit an«, sagte Anna Darko.

»Mein Vater und ich fuhren praktisch jeden Tag mit dem Ruderboot auf den See hinaus.« Meine Erzählung nahm Fahrt auf.

»Darauf freute ich mich schon während der Zugfahrt von Frankfurt hierher. Sie wissen ja, neben dem Bootsverleih steht ein Kiosk, auch damals schon, da kauften wir uns ein Steckerleis, ich mit Erdbeergeschmack, mein Vater mit Nussgeschmack. Dann setzten wir uns auf die Bank am Ufer und sahen den Schwänen zu, die hin und her schwammen und manchmal böse fauchten. Wenn wir aufgegessen hatten, gingen wir rüber zum Herrn Geiger, mieteten uns ein Boot und paddelten los, quer über den See, manchmal mehrere Stunden. Geiger wusste, dass uns nichts passieren würde. Mein Vater war ein begnadeter Ruderer, das können Sie sich nicht vorstellen. Für mich waren das die schönsten Sommer meines Lebens.«

Ich machte eine Kunstpause, die ich wichtig fand. »Und jedes Mal erwartete uns meine Mutter am Steg, wenn wir zurückkehrten.«

»Ich beneide Sie um Ihre Kindheit«, sagte Anna Darko.

Das hätte sie nicht sagen sollen.

»War Ihre so schrecklich?«, fragte ich.

»Nein, nur völlig anders. Weniger friedvoll.«

Ich dachte an einen Jungen namens Hans und sagte: »Das tut mir leid. Ja, ich geb zu, ich hatte Glück.«

Schlagartig taten mir alle Zähne weh vor Hass.

Ich konnte nicht mehr aufhören. »Das Jahr über lebten wir mitten in der Stadt. Ein einziges Chaos, jedenfalls für mich als Kind. Der Lärm, die vielen Autos und Menschen. Wenn ich aus dem Fenster meines Kinderzimmers schaute, sah ich Kräne und Baustellen, den ganzen Tag Rattern und Scheppern und Krach. Ich war sehr schreckhaft und versteckte mich unter dem Bett. Meine Mutter fragte mich, was mit mir los sei. Ich wusste nicht, was ich sagen sollte.

Ihr bester Trost für mich war, wenn sie sagte, wir würden bald wieder nach Heiligsheim fahren. Das Wort klang fast magisch. Heiligsheim. Und jetzt lebe ich hier und genieße immer noch die Stille und die Art der Menschen, die nicht wie verrückt von einem Termin zum nächsten hetzen. Ich glaube, ich habe mir einen Traum erfüllt.«

Der Brechreiz, der meinen Körper durchdrang, entfachte den Geschmack nach verbranntem Fleisch und Kot in meinem Mund. Ich zwang mich zu einem bellenden Husten.

Erschrocken machte die Kommissarin einen Schritt von mir weg. Als würde ich mich schämen, wandte ich mich ab. Ich atmete mit weit aufgerissenem Mund, presste meine Hände in den Nacken, beugte den Kopf und spuckte auf den Asphalt. Wieder spürte ich den ungerührten Blick der Kommissarin im Rücken.

Nach ungefähr einer Minute richtete ich mich auf. Ich streckte den Rücken, überlegte, was ich gerade gesagt hatte, und kam nicht mehr drauf.

Ganz gleich, was sie weiter von mir hören wollte, am Ende könnte sie einen fetten Block damit vollkritzeln. Keine ihrer Fragen würde mich auch nur im Geringsten in Verlegenheit bringen oder dafür sorgen, dass mein Gesicht verrutschte.

»Wenn Sie als Kind so oft im Dorf gewesen sind und eine wundervolle Zeit verbracht haben …« Sie sah mich ohne jede Regung an. »Und Ihre Eltern haben die beiden Geiger-Brüder gut gekannt, dann könnt ich mir vorstellen, dass Sie auch engen Kontakt mit dem Sohn von Paulus Geiger gehabt haben, erinnern Sie sich an ihn? Das ist möglicherweise nebensächlich, aber nach allem, was Sie mir gerade geschildert haben, bin ich neugierig geworden. Sein Name steht in meinen Unterlagen. Ich hab ihn vergessen.«

Bevor ich etwas sagte, schüttelte ich den Kopf und blickte nachdenklich zur Straße.

Regina und Boxer Kleinschmidt verabschiedeten sich, indem er ihr auf die Schulter klopfte und wortlos wegging. Regina kam auf uns zu.

»Den Namen weiß ich nicht mehr«, sagte ich.

»Macht nichts. Merkwürdig ist, dass er vor vielen Jahren verschwunden und nie wiederaufgetaucht ist. Und jetzt ist sein Onkel wie vom Erdboden verschluckt.«

»Davon hab ich gehört«, sagte ich. »Wie kann ich Ihnen helfen?«

»Eine Zeugin, die an der dänischen Grenze lebt, hat sich gemeldet, vor drei Tagen erst. Sie hat unseren Aufruf zufällig im Internet entdeckt. Wir haben die Suche nach Gregor Geiger auch aufs Netz ausgedehnt, das ist ja ein riesiger Marktplatz, den jeden Tag Millionen von Menschen besuchen. Und diese Frau, die Zeugin, hat Geiger wiedererkannt. Sie hat sogar mit ihm gesprochen, in einem Burger-Lokal im Hauptbahnhof, weil ihr ein Missgeschick passiert ist. Sie hat ihm aus Versehen ihren Colabecher über die Hose geschüttet. Aber Geiger, so hat sie uns berichtet, meinte nur, seine Lederhose habe schon ganz andere Dinge überlebt. Und am selben Tisch, gemeinsam mit Geiger, saß ein Mann. Sie.«

Teilnahmslos wie der Tod ruhte ihr Blick auf mir.

Regina, die zugehört hatte, sah mich aus derart verquollenen Augen an, dass ich meine Hände in den Hosentaschen zu Fäusten ballte.

»Unseren Ermittlungen zufolge«, sagte Anna Darko, »sind Sie damit eine der letzten Personen, die Gregor Geiger vor seinem Verschwinden gesehen haben. Sein Bruder hat ihn am siebten Januar als vermisst gemeldet, die Begegnung im Bahnhof fand laut der Zeugin am fünften Januar statt.«

»Woher wollen Sie denn wissen, dass Ludwig das war?«, fragte Regina.

Falls sie in nächster Zeit wieder in das Hotelzimmer wollte, würde die Behandlung schmerzhafter ausfallen, als sie es sich jemals gewünscht hätte.

»Wir wussten es bis gestern nicht«, sagte die Kommissarin. »Wir haben den Bruder und dessen Frau befragt. Sie meinten, unter Vorbehalt, das geb ich zu, die Beschreibung könnt auf Sie passen, Herr Dragomir. Haben Sie Herrn Geiger am fünften Januar am Hauptbahnhof getroffen?«

»Das Datum weiß ich nicht mehr, aber getroffen habe ich ihn, das ist wahr«, sagte ich und sah Regina an. »Ich hab dir davon erzählt, erinnerst du dich?«

»Stimmt«, sagte sie. »Ich hab das dann sofort wieder vergessen. Und du offensichtlich auch.«

Ich nickte und fragte mich, wie ich möglichst schnell das Chaos in meinem Kopf ordnen könnte, das der Orkan, der durch meine Ohren hereingefegt war, innerhalb von Sekunden verursacht hatte.

3

Gelassenheit ist die Todfeindin des Todes. Niemand hatte mich je auf den Weg zu dieser Erkenntnis geführt, sie wurde mir am eigenen Leib bewusst, als ich sieben war und in der Hölle.

Das war natürlich nur ein Bild, das ich mir ausmalte, weil mir die Worte fehlten, um das Ende der Welt zu beschreiben. Und wozu auch hätte ich das tun sollen?

Wen hätte meine Geschichte interessiert? Wer hätte mir geglaubt, obwohl ich von Gläubigen umzingelt war?

Ich wusste, dass, wenn es dunkel wurde, der Teufel kam und kleine Kinder fraß. Nichts Besonderes in Heiligsheim.

Mich brachte er nicht runter, der Teufel. Er spie mich wieder aus.

Ich hatte begriffen, worum es ging. Beim nächsten Mal machte ich keinen Mucks und sah ihm in die Augen. Er verbrannte auf der Stelle.

Ich lief nach Hause und erzählte niemandem davon. So wuchs ich heran und wurde vierzehn Jahre alt.

Sie bat uns, ihr zu folgen. Auf dem Tisch in ihrem Hotelzimmer stand aufgeklappt ein Laptop, daneben lagen zwei karierte Schreibblocks und verschiedenfarbige Stifte. Das Zimmer sah aufgeräumt und fast unbenutzt aus. Die braune Reisetasche neben dem Schrank fiel kaum auf.

Regina schaute sich um, als hätte sie das Zimmer noch nie gesehen. Hinter dem Rücken der Kommissarin zupfte sie mich verschwörerisch am Sakko. Ich zwinkerte ihr zu, was sie, wie ich sofort zufrieden feststellte, völlig irritierte. Zwinkern gehörte nicht zu meinem üblichen Repertoire.

Nachdem sie das Stromkabel herausgezogen hatte, setzte Anna Darko sich mit dem Laptop auf die Bettkante.

»Bitte«, sagte sie und deutete auf den Stuhl am Tisch und den Sessel in der Ecke neben der Stehlampe. Ich nahm den Stuhl.

Die Finger der Kommissarin wuselten über die Tasten. Ich schlug die Beine übereinander, lehnte mich zurück, verschränkte die Arme und dachte an unseren alten Pfarrer Schubert, der noch mit dem Füller schreiben musste und sich dabei unweigerlich die Finger mit Tinte bekleckerte. Vermutlich rächte er sich auch für seine eigene Dummheit an uns. Die Finger der Kommissarin waren schmal und gepflegt und ihre Nägel kurz und unlackiert.

Das Klacken der Tasten löste eine Art beschwingten Gleichmut in mir aus. Der Mist des Tages wich aus mir. Die Bilder verblassten. An den Rändern meiner Erinnerungen blühten Butterblumen.

Reginas Anwesenheit war nichts als die Gegenwart einer berechnenden Frau, deren sexuelle Bedürfnisse jeder x-beliebige Mann mit ein paar Utensilien aus einer Ledertasche in jedem x-beliebigen Hotelzimmer befriedigen konnte. Kein Wunder, dass ihr Mann seine eigenen Wege ging und wochenlang verreist war und lediglich die Geschäfte in seiner Kneipe, der Pumpe, im Auge behielt. Verständlicherweise wollte er sich nicht auch noch in finanzieller Hinsicht von seiner Frau verarschen lassen.

»Fangen wir mit Ihnen an«, sagte die Kommissarin zu Regina. »Wie heißen Sie?«

»Lange, Regina.«

»Verheiratet?« Anna Darko tippte blind.

»Ja.«

»Name?«

»Regina …«

»Der Name Ihres Mannes.«

»Steffen Lange. Wir haben ein Lokal hier im Dorf.«

»Die Pumpe?«

»Woher …«

»Ein Kollege von mir war vor ein paar Tagen da.«

Hatte ich mir gleich gedacht, dass der bärtige Kerl im gefütterten Anorak mit den vielen Taschen kein Tourist war. Ich brauchte ihn nicht anzugaffen, um mitzukriegen, wie er die Gespräche belauschte und die Gäste beobachtete. Auf diesem Gebiet hatte er einen Profi vor sich.

»Sie kennen Herrn Dragomir aus dem Lokal, Frau Lange?«

»Sicher.«

»Er erzählt Ihnen alles.«

»Wie, alles? Die Gäste reden halt, ganz normal. Deswegen kommen die doch zu mir. Um sich zu unterhalten, um zu erfahren, was so los ist in der Gegend. Um nicht allein daheim hocken zu müssen. Dorfklatsch, ganz normal.«

»Herr Dragomir ist Stammgast bei Ihnen.«

»Kann man so sagen. Oder?« Sie sah mich an. Ich machte ein launiges Gesicht.

»Ich bin nicht jeden Tag in der Pumpe«, sagte ich. »Zwei, drei Mal in der Woche.«

Mit einer geschmeidigen Bewegung streifte Anna Darko den Mantel von der Schulter. »Wann haben Sie erfahren, dass Gregor Geiger vermisst wird?« Sie meinte mich.

»Das weiß ich nicht mehr.«

»In etwa.«

Ich beugte mich vor, stemmte die Arme auf die Oberschenkel, ließ Zeit verstreichen. »Das muss vor Wochen gewesen sein.« Mein nachdenkliches Gebaren überzeugte mich selbst. Ich glaubte an das, was ich sagte. »Sechs Wochen, acht Wochen. Ich glaube, ich las eine Meldung im Kurier. Oder jemand in der Kneipe hat davon geredet. Es tut mir wirklich leid.«

»Präziser geht's nicht«, sagte die Kommissarin.

»Herr Geiger war … ist … er kommt eigentlich nie in die Pumpe …«, sagte Regina holprig.

Abrupt hörte die Kommissarin auf zu tippen. Sie stellte den Laptop neben sich aufs Bett, stand auf, zog ihren Pullover glatt und schloss für einen Moment die Augen, bevor sie erst mich, dann Regina ansah.

»Ich hab ein Problem«, sagte sie. Ihr Schweigen dauerte mindestens eine halbe Minute. »Ihre Aussagen überzeugen mich nicht. Sie tun beide so, als würden Sie in einer Großstadt leben, wo das Verschwinden eines Menschen nicht unbedingt eine Seltenheit ist. Aber in einem Dorf, wo jeder jeden kennt, verschwindet niemand ohne Grund. Da wird geredet und gerätselt, was passiert sein könnt, vor allem im Gasthaus. Wieso soll das in Heiligsheim anders sein? Und der Bootsverleih der Gebrüder Geiger existiert seit der Nachkriegszeit. Generationen von Familien haben dort ihre Ferien verbracht. Das Holzhaus und der Kiosk sind so was wie eine Institution im Landkreis. Und jeder, der im Sommer das Haus am Felsenkeller besucht, in dem angeblich Ludwig II. seine verschollenen Gedichte geschrieben und sich mit einem Liebhaber getroffen hat, unternimmt auch einen Spaziergang zum See und kennt den Namen Geiger. Dann verschwindet einer der beiden Brüder spurlos, und Sie sagen, Sie wissen nichts darüber und können sich an den Fall praktisch nicht erinnern? Sie müssen einsehen, dass ich damit ein Problem hab.«

Hilflos sah Regina zwischen ihr und mir hin und her. »Das würd ich jetzt aber nicht so sehen … Ich mein, die meisten Leute im Dorf, die … Ich weiß nicht mal die Namen und …«

Unmöglich, sie weiterquatschen zu lassen.

»Das sehe ich ein«, sagte ich und blieb sitzen, obwohl ich lieber aufgestanden wäre, damit ich nicht zu der Kommissarin hochschauen musste. Spielte keine Rolle.

Ich wollte hier raus und weg und allein sein – nicht, weil ich nervös geworden wäre oder mir einbildete, Anna Darko könnte mich mit ihren offensichtlich bereits erfolgten Ermittlungen in eine Falle locken.

Haha, said the clown.

Ich wollte weg, weil mich Reginas verdruckstes, stümperhaftes Gestammel zur Weißglut trieb. Noch ein Wort von ihr, und ich würde sie bei unserem nächsten Treffen kreuzigen – aber anders, als sie sich das wünschte.

»Frau Lange und ich«, begann ich mit beinah sorgenvoller Miene, »wir haben festgestellt, dass wir gemeinsame Interessen haben, Popmusik, Wanderungen in der Natur, Fußball. Wir haben uns angefreundet, nachdem ich ins Dorf gezogen war. Und wenn ich bei ihr mein Bier trinke, dann kommen wir automatisch ins Gespräch. Vom Bootshaus Geiger und meinen Besuchen als Kind dort habe ich schon öfter erzählt. Und sie hat mir ein paar Dinge zugeflüstert, die nicht sehr positiv für Gregor Geiger sind. Davon wissen auch andere Leute im Dorf. Natürlich redet niemand darüber, das ist eine Art Naturgesetz.

Als es hieß, der alte Geiger sei verschwunden, hat das

niemand beunruhigt. Jeder denkt bis heut, er ist zu seiner Geliebten in die Stadt gezogen. Und die beiden haben sich längst ein Haus im Süden gekauft und leben jetzt da. Von Portugal ist die Rede.

Das sind Gerüchte, natürlich. Aber soweit ich das mitgekriegt habe, herrscht darüber ziemliche Einigkeit im Dorf. Jeder schont die Familie, den Bruder, die Schwägerin, das ist klar. Sie müssen entscheiden, ob Sie sie mit den Gerüchten konfrontieren wollen. Ich wette, sie wissen längst davon. Natürlich wollen sie Klarheit haben. Vielleicht ist das der Grund, warum der Mann seinen Bruder überhaupt als vermisst gemeldet hat. Weil er sich bekennen soll und der Bruder und seine Frau endlich erfahren wollen, wer die unbekannte Frau ist. Glauben Sie uns …«

Zur Sicherheit warf ich Regina einen Blick zu. Sie schien an meiner Geschichte nichts auszusetzen zu haben. »Niemand, den ich kenne, weder Frau Lange noch ich noch sonst jemand im Dorf, findet das Verhalten des alten Geiger gut. Ich glaube auch, viele Leute schämen sich für ihn. Aber letztlich ist es eine Angelegenheit der Familie, da mischt man sich nicht ein.«

Anna Darko hatte zugehört, ohne mich auch nur eine Sekunde aus den Augen zu lassen. Ich hatte mit gleichbleibender Stimme zu ihr, zu Regina, zum Zimmer, zu Gregor Geiger in der Obhut einer fremden Finsternis gesprochen.

Jetzt lehnte ich mich zurück. Ich breitete die Arme aus, wie jemand, der sein Bedauern über das Unvermeidliche zum Ausdruck brachte, faltete die Hände und nickte weise.

»Worüber haben Sie am Bahnhof mit Geiger gesprochen?«, fragte die Kommissarin.

»Blabla«, sagte ich. »Wir trafen uns zufällig. Er gönnte sich einen Burger, den er auf dem Land nicht kriegt, und ich wartete auf einen Musikerfreund, der mit dem Zug ankam. Der Freund hatte am Abend einen Gig, den ich mir anschauen wollte. Geiger wollte zur Messe, oder er kam grad von dort, das weiß ich nicht mehr. Er erzählte irgendwas. Dann schüttete ihm die Frau das Glas Cola über die Hose. Ich habe nicht mehr dran gedacht, bis Sie den Vorfall vorhin erwähnt haben.«

Ich machte eine Kunstpause.

»Er ging aufs Klo, um seine Hose mit Wasser zu säubern. Ich bin runter in die Halle.« Ich wollte ihr noch eine Frage stellen, wartete aber lieber ab.

»Gut.« Anna Darko schaute zum Tisch mit den in verschiedenen Farben vollgeschriebenen Blocks und kratzte sich am Kopf – eine kindliche Geste, die mir gefiel. Dann stieß sie Luft aus ihrem geschlossenen, schönen Mund. »Ich werd mal ein Protokoll anfertigen und weitere Befragungen durchführen. Wenn Sie mit Ihrer Vermutung recht haben, werden wir die Suche nach Portugal ausdehnen.«

»Aber … aber …« Aus irgendeinem Grund zeigte Regina auf den Laptop. »Aber der Mann, den Sie suchen, Geiger, der ist doch … Der ist über siebzig, ich mein … Kann der nicht machen, was er will? Der ist doch kein Kind mehr. Warum muss man den suchen?«

»Sein Bruder hat ihn als vermisst gemeldet, wir sind verpflichtet, nach ihm zu suchen. Außerdem können wir weder einen Unfall noch ein Verbrechen ausschließen.«

»Was denn für ein Verbrechen?« Regina wirkte besorgt. Um der Sache Nachdruck zu verleihen, versuchte ich, ihren Gesichtsausdruck zu kopieren.

»Haben Sie Hinweise?«, fragte ich.

Die Kommissarin nahm den Laptop und stellte ihn auf den Tisch. Regina und ich standen gleichzeitig auf. »Wir sammeln Informationen. Danke, dass Sie beide mit mir gesprochen haben.«

Sie hielt uns die Hand hin. Wir verabschiedeten uns.

Vor der Tür blieb ich noch einmal stehen. »Mir fiel auf, dass Sie die Witwe des verstorbenen Eduard Rupp kennen. Weiß sie was über den Vermissten?«

»Nein«, sagte die Kommissarin. »Ich hab mit ihr gesprochen, weil sie auf der örtlichen Polizeiinspektion war und darum gebeten hat, die Leiche ihres Mannes obduzieren zu lassen.«

»Um Gottes willen«, sagte Regina.

Ich wollte an Gott denken. Mein Kopf war leer.

»Sie wollte ausschließen, dass ihrem Mann etwas zugestoßen ist. Dass er nicht einfach verunglückt ist, Sie verstehen schon.«

»Nein«, sagte Regina.

»Der Gerichtsmediziner hat festgestellt, dass der Mann schwer betrunken gewesen und in den Bach gestürzt ist. Fremdeinwirkung ist nicht zu beweisen.«

»Ich dachte, Sie sind von der Vermisstenstelle, nicht vom Morddezernat«, sagte ich.

»Bin ich. Die beiden Männer waren befreundet, Rupp und Geiger. Mein Kollege in der Inspektion, der die Vermisstenmeldung im Januar aufgenommen hat, hat gut reagiert und uns informiert. Er meinte, vielleicht könnte uns Frau Rupp weiterhelfen. Konnte sie bisher leider nicht.«

Wortlos gingen Regina und ich die Treppe hinunter. Auf dem Bürgersteig vor der Tür küsste die Witwe Rupp Pfarrer Segmüller die Hand.

Nachdem ich mich minutenlang auf der Toilette der Kneipe übergeben hatte, spülte ich mir den Mund aus und kehrte zum Tresen zurück. Die Pumpe öffnete erst in drei Stunden. Regina hatte nur für uns beide aufgesperrt.

Sie stellte mir ein frisches Bier hin und wartete auf eine Erklärung.

Ich trank das kalte Bier, drehte Regina den Rücken zu, überlegte hin und her, was ich von der Anwesenheit der Kommissarin im Dorf halten sollte.

Natürlich hielt ich nichts davon. Andererseits hatte es so kommen müssen. Wie so vieles.

»Wie heißt eigentlich dieses Parfüm?«, fragte ich und drehte den Kopf halb nach hinten.

»Was?« Regina war gerade dabei, sich zu mir nach vorn zu beugen. »Ich nehm immer dasselbe, was redest du denn? Sprich mit mir. Wieso hast du der Polizistin das alles erzählt? Was geht die das an? Außerdem wissen wir überhaupt nicht, ob das stimmt mit der Geliebten. Das ist doch nur Suffgerede. Was machst du, wenn die Polizistin rauskriegt, dass außer dir niemand im Dorf was von der Geschichte weiß? Was glaubst du denn, was die dann denkt? Kann ich dir verraten: Die denkt dann, du hast was mit dem Verschwinden von dem alten Geiger zu tun. So ticken die nämlich bei der Kripo.«

»Du kennst dich gut aus«, sagte ich.

Sie verfiel in ein mürrisches Schweigen.

Auf der Bahnhofstraße, die an der Pumpe vorbei quer durch den Ort führte, veranstalteten zwei Autofahrer eine Huporgie, eine, die nicht enden wollte. Männerstimmen waren zu hören. Einer nannte den anderen Arschloch. Dann ging das Hupen weiter, bis der eine mit quietschenden Reifen Gas gab.

In die darauffolgende Stille hinein sagte Regina: »Manchmal denk ich, du bist nicht ganz sauber.«

Das sagte die Richtige.

»Bin ich auch nicht«, antwortete ich. »Vor allem, wenn du bei mir im Hotel warst. Danach muss ich jedes Mal eine halbe Stunde duschen.«

»Du bist gemein.« Ich musste kein Psychologe mit hellseherischen Fähigkeiten sein, um zu wissen, was sie als Nächstes sagen würde. »Dass die Polizistin ausgerechnet in unserem Zimmer übernachtet, find ich irgendwie unheimlich. Du nicht?«

»Doch«, sagte ich und leerte mein Glas.

»Willst du noch eins?«

»Nein.« Ich drehte mich zu ihr um, griff nach ihrer Hand, strich mit dem Zeigefinger auf eine Weise darüber, die sie garantiert für zärtlich hielt. »Ich muss dir was anvertrauen«, sagte ich und senkte die Stimme. »Mir geht's nicht gut im Moment. Ich denke über zu viele Dinge nach. Mein Leben, meine Vergangenheit, die Zukunft, die vielleicht kommt oder auch nicht, wer weiß das? Ich habe ein schönes Haus, aber das ist auch alles ...«

»Ein Haus, in dem ich noch nie war«, sagte sie. »Entschuldige, ich wollt dich nicht unterbrechen.«

Ein Haus, in dem du nie sein wirst, dachte ich und fabrizierte das Lächeln eines Liebhabers. »Wahrscheinlich habe ich eine Art Midlife-Crisis. Obwohl die Mitte meines Lebens schon eine Weile her ist.«

»So was darfst du nicht sagen.«

Das Geplänkel stachelte mich an. »Man muss der Wahrheit ins Auge schauen. Ist es das, was ich wollte? Damals, als ich jung war und in meinen Träumen watete wie in einem unendlichen Meer.«

»Wie schön du das gesagt hast.«

Ich versuchte, das Niveau zu halten. »Dieser Ort kam

mir vor wie ein Paradies. Ich pflückte Äpfel und Birnen von den Bäumen. Ich lief über bunte Wiesen und kraxelte die Hänge am Koglfeld hinauf. Ich war der freieste Mensch. So wollte ich später mal leben. Ein Künstler, der die Melodie des Windes synchronisiert und daraus zeitlose Lieder erschafft.«

Gleich klebte mir die Zunge am Gaumen fest. »Was ich dir sagen möchte, ist, wundere dich nicht über mich. Das ist eine Phase, die vorübergeht. Ich krieg mich schon wieder ein. Alles läuft weiter wie bisher, auch wenn dein Mann wieder auftaucht.«

Regina drückte mir einen Kuss auf die Wange. Ich ließ ihre Hand los und küsste sie mit der Zunge. Ihr Rachen schmeckte nach Zigaretten, Wein und dem Atem abgestandener Gier.

Leise keuchend schaute sie mich an. »Wo, glaubst du, ist er? Wieso meldet er sich nicht? Nicht mal eine SMS schickt er mir. Das hat er noch nie gemacht. Glaubst du, ihm ist was passiert?«

»Er war schon mal einen Monat weg, weil ihn einer seiner Zockerfreunde spontan nach Norwegen eingeladen hat«, sagte ich. »Und er hatte dir keine Nachricht geschickt.«

»Ja, aber da hat er vorher angedeutet, dass er vielleicht eine Spritztour machen wird.«

»Du hast mir erzählt, er fährt wahrscheinlich noch nach Berlin, wo ein alter Freund von ihm Geburtstag feiert.«

»Ich mach mir langsam Sorgen.«

»Du kannst ihn als vermisst melden«, sagte ich. »Die Kommissarin hilft dir dabei.«

»Ich seh schon, dein Zustand bessert sich. Willst du nicht doch noch ein Bier?«

»Wir sehen uns heut Abend.«

An der Tür zum Hinterhof drückte sie sich an mich. Wir küssten uns noch einmal.

Auf dem Weg durchs Dorf begegneten mir Leute, die ich flüchtig grüßte. Ich hielt den Kopf gesenkt, damit mir nicht noch mehr Staubkörner in die Augen wehten. Seit fast zwanzig Jahren trug ich Kontaktlinsen und ich hatte mich – besonders mit den größeren Schalen, die fester auf der Linse saßen – gut daran gewöhnt. Vor drei Jahren hatte ich mir neue, dunkelbraun gefärbte Linsen besorgt. Diese waren kleiner und extrem windanfällig. Aber ich brauchte sie. Niemand würde mich je wieder dazu bringen, eine Brille zu tragen.

Nicht mal meine Mutter hatte mich wiedererkannt, nicht mal mein Vater.

Natürlich waren die Kontaktlinsen nur ein winziger Teil meiner Veränderung. Die Jahre aus Drogen, Alkohol, Einsamkeit und Verachtung hatten aus mir – äußerlich wie innerlich – einen anderen Menschen gemacht und mich geformt und verunstaltet. Trotzdem hatte ich auf die gefärbten Linsen nicht verzichten wollen. Ich war überzeugt, meine Augenfarbe verlieh mir die nötige Glaubwürdigkeit, die ich für meine Pläne brauchte.

Die Leute sagten »Grüß Gott, Herr Dragomir« zu mir.

Mein Onkel sagte sogar Luggi zu mir.

Gregor Geiger.

Wir würden uns bald wiedersehen.

4

»Ich muss dich was fragen.« Rittlings auf dem Stuhl bei der Tür sitzend, die Fäuste übereinander auf der Lehne, mit aufgestütztem Kinn, betrachtete ich meinen frisch geduschten Gast in seinem sauberen blauen Trainingsanzug. Auf die ihm angemessene und vertraute Weise gefesselt, lag er im Bett und tackerte großäugig Blicke in die Luft. Er war ganz Ohr.

»Was hältst du von deiner Frau? Wie würdest du ihren Charakter beschreiben? Ist sie treu? Taugt sie was als Wirtin? Wer wählt ihr Parfüm aus? Du?«

Da er nicht antworten konnte, machte ich ihm die Entscheidungsfindung leichter. »Wenn du mich fragst, würde ich sagen, sie neigt zu Willfährigkeit. Was nicht bedeuten muss, dass sie eine Schlampe ist, die jedem Kerl hinterherhechelt. Habe ich recht? Sie ist ein freundlicher Mensch. Ich mag freundliche Menschen. Sie bilden eine Art Gegengewicht zum gierigen Rest der Menschheit. Deine Frau macht das gut, ihr Leben, ihren Job, ihre Freizeitgestaltung. Und sie ist dir gegenüber loyal. Ich bin Zeuge. Sie würde dich nie verraten, auch wenn sie mit deinem Lebenswandel und deinen Lügen garantiert nicht einverstanden ist. Verständlich. Trotzdem: sie lässt dich nicht hängen.«

In der Kammer hing ein Geruch nach Zitrone und Schweiß, schweißiger Zitrone, zitronigem Schweiß.

Zur Entspannung ließ ich die Arme baumeln und streckte den Rücken. In jüngster Zeit plagten mich Verspannungen im Schulterbereich, im Nacken. Ich brauchte mehr Bewegung, mehr Abwechslung.

»Sie hätte längst zur Polizei gehen können«, sagte ich. »Hast du eine Erklärung, warum sie es bis heut nicht getan hat?«

Er hatte keine.

»Sie geht davon aus, du bist in Berlin, beim Geburtstag eines Freundes. Oder du hattest überraschend das Bedürfnis nach einem Norwegen-Trip. Alle Wege führen nach Nor! Übrigens macht sie sich Sorgen um dich.«

Was genau er mit seinem Nicken sagen wollte, konnte ich nur vermuten. Es stellte, schätzte ich, eine Art Beifall für die Fürsorge seiner Frau dar. Er ruckte mit dem Oberkörper, zerrte mit den Füßen an den Schnüren, gab unverständliche Laute von sich. Sabber lief ihm übers Kinn.

Nach dem Duschen hatte er gegessen und getrunken. Wir saßen in der Küche wie freundliche Freunde. Und da dachte ich, dass er etwas Unterhaltung verdient hätte. Also erzählte ich ihm die Geschichte vom alten Mann mit dem weinenden Kind in seinen Augen.

Hinterher meinte er, weil ihn vorübergehend kein Geschirrtuch daran hinderte: »Du hast mich zum Mitwisser gemacht. Wirst du mich jetzt umbringen?«

»Der war gut«, sagte ich, klopfte ihm auf die Schulter, griff nach dem Geschirrtuch und brachte ihn ins Bett.

»Oha«, sagte er.

Wie der leibhaftige Überraschungsgast trat ich hinter einem Baum hervor – mit dem Schritt des entschlossenen Wanderers, dessen Tagesroute kein Meteor beeinflussen könnte.

Der dicke Mann bog erschrocken den Oberkörper nach

hinten, eine Bewegung, die ihn mit seinem Rucksack beinah zu Fall gebracht hätte. Instinktiv und für sein Alter beachtlich flink, streckte er den Arm nach dem nächsten Baumstamm aus. Er stützte sich ab und fand sein Gleichgewicht wieder.

Gott sei Dank befanden wir uns in einem Wald, überall Bäume.

Haha, said the clown.

Dem Sittenkodex des Landlebens entsprechend – vor allem bei Begegnungen außerhalb der Behausung, in der Abgeschiedenheit von Gottes unergründlichen Fluren –, sagte ich: »Grüß Gott.«

»Grüß Gott«, erwiderte Eduard Rupp autokatholisch.

Er trug eine braune Bundlederhose mit ausgeblichenen Steppereien am Latz und an der Seite, stabile Wanderschuhe mit grauen Wollsocken, unter der gefütterten Lodenjacke ein grün gemustertes Baumwollhemd und einen Filzhut mit einer Unmenge von Abzeichen.

In seinem Rucksack klapperte Geschirr. In seinem weißen Schnurrbart hingen Schnupftabakkrümel.

Obwohl er einen Bauch hatte, wirkte er nicht schwerfällig. Vielmehr strahlte er eine Art Naturburschenhaftigkeit aus.

Sein Atem roch nach Schnaps.

Die Überraschung, mich zu sehen, erfüllte ihn mit Unbehagen.

Kaum hatte er sich vom Schreckensmoment erholt, betrachtete er mich von oben bis unten. Was er sah, schien ihm nicht zu gefallen.

In meiner Bluejeans, meinen Turnschuhen und dem verwaschenen Parka aus den wilden Jahren der Republik glich

ich seiner Meinung nach vermutlich einem Kerl aus der Stadt, der einen verwirrten, leicht bedrohlichen Eindruck machte. Er traute mir augenscheinlich nicht über den Weg.

»Du bist das«, sagte er. Sein Blick fiel auf die schwarze Ledertasche, die ich mir um den Bauch gebunden hatte. »Ist da deine Verpflegung drin?«

Urplötzlich erschien ein vitales Grinsen auf dem gerade noch von Furcht gebleichten Gesicht des Apothekers.

»Alles, was ich brauche.« Ich zog den Reißverschluss der Tasche auf und holte einen Flachmann heraus. Ich schraubte ihn auf, reichte ihn mit der Geste des geselligen Wandersmannes meinem Gegenüber. »Hält Leib und Seele zusammen«, sagte ich wie ein Quatschkopf.

Er hielt seine Nase über die Öffnung. »Aha«, sagte er.

»Lieber Stroh-Rum als strohdumm«, sagte ich wie ein Schwachkopf.

Er warf mir einen billigen Blick zu, nippte am Flachmann, schmatzte und nahm einen gierigen Schluck.

Fantastische Wirkung.

Die Augen aufgequollen, schnappte der alte Mann nach Luft. Er keuchte hysterisch, fuchtelte mit den Armen, als kämpfe er allein auf weiter Flur mit einer Armada außerirdischer, stechwütiger Bienen.

Aus seinem aufgerissenen Mund kamen, leidlich verzerrt, die Echos der Schmerzensschreie seines Magens, dessen Wände von meinem Gemisch aus achtzigprozentigem Rum und fünfundsiebzigprozentigem Absinth in Flammen standen.

Mein silberner Flachmann landete zum Glück nicht im struppigen Geäst, sondern auf dem moosbewachsenen Waldboden. Bevor der Alte darauf herumtrampelte, hob ich ihn auf, steckte ihn zurück in die Ledertasche und wich dabei dem taumelnden, um sich schlagenden, von einem vollkommen verknoteten Husten geschüttelten und überforderten Naturburschen aus.

Angesichts solcher Augen wären afrikanische Ochsenfrösche vor Neid erblasst.

Das Schauspiel dauerte mehrere Minuten.

Dann stolperte der Apotheker über eine Wurzel, wurde vom Gewicht seines Rucksacks nach unten gedrückt und blieb, unvermindert prustend und ächzend, unweit des Bachufers bäuchlings liegen. Viel fehlte nicht, und er wäre – Gras, Erde, Dreck und Laub schluckend – vor der Zeit erstickt.

Behutsam nahm ich ihm den Rucksack ab.

Ich kniete mich neben ihn, klopfte ihm kräftig auf die Schulter, so dass er alles, was seiner Verdauung schadete, aus sich herauswürgen konnte. Dann drehte ich ihn auf die Seite, ließ meine Hand in seinem Nacken.

»Das wird schon wieder«, sagte ich im geübten Ton eines Erste-Hilfe-Sanitäters.

Sein Filzhut lag zwischen Farnen.

Eduard Rupp starrte mich aus nassen, plumpen Augen an.

Wenn ich genau hinschaute, sah ich den kleinen Ferdl darin. Wie er mich weinend fragt, warum ich nix mach.

An einen Baumstamm gelehnt, hockte jeder von uns auf dem Boden, die Beine von sich gestreckt, seine über Kreuz und an den Knöcheln mit Klebeband gefesselt.

Die Kronen des Mischwalds verdunkelten den Himmel. Das Plätschern des Griesbachs klang aus einer Zeit herüber, in der ich neun Jahre alt war und mit Herrn Hofherr allein in den Wald gehen durfte.

Verständlicherweise erlaubten mir meine Eltern den Umgang mit Fremden allenfalls in der Öffentlichkeit und in Gegenwart vertrauter Personen. Das galt auch für Leute aus dem Dorf, die meine Eltern nicht näher kannten.

Jemandem an einen abgelegenen Ort zu folgen, war ausgeschlossen. Spielt keine Rolle, ob du weißt, wie der Mann heißt und was er beruflich macht, pflegte mein Vater zu sagen, niemand kann in einen anderen Menschen reinschauen, und vor dem Bösen ist niemand gefeit.

Er musste es wissen.

Sein Bruder war ein Kinderschänder und er ein Mitwisser oder Wegschauer oder Feigling.

Unsere Familie war reich an vielschichtigen Persönlichkeiten, deren Lebensweisheiten denen anderer Dorfbewohner in nichts nachstanden.

Herr Hofherr: ungefährlich. Zahnarzt, Schmerzensflüsterer. Niemand auf der Welt bohrte feinfühliger als er, sagten die Leute.

Mit ihm durchs Dorf zu gehen, grenzte an Ehre.

»So war das«, sagte ich zu Eduard Rupp.

Sein Mund quoll über von Speichel. Das karierte Hemd war ihm aus der von dunklen Flecken und Erdklumpen übersäten Hose gerutscht. Die Jacke hing schief von seinen Schultern. Seine Hände, über Kreuz wie die Füße und mit dem gleichen Klebeband aneinandergebunden, zitterten in einer Tour. Sein weißes Resthaar, sein Schnurrbart von Schweiß verklebt, sein Schädel ein bleicher Klumpen Angst.

Und Angst, wie wir seit den siebziger Jahren des zwanzigsten Jahrhunderts wussten, essen Seele auf.

Auch ich hatte meine Lebensweisheiten, geklaut wie die meiner Mitbürger, jederzeit griffbereit im Köcher.

»Wie geht's dem Herrn Doktor eigentlich?«

Ich wartete auf eine Antwort.

In der Ferne hieb ein Specht seinen Schnabel in einen Stamm, zärtliches Bohren lag nicht in seiner Natur.

Rupp grunzte. Ich musste zugeben, dass er sich weiterhin um Kommunikation bemühte.

Zwischendurch riss er die Augen auf und machte unerklärliche Bewegungen mit dem Oberkörper. Als versuchte er, sich in die Höhe zu wuchten. Als hätte er ein Ziel am Ende des Tages. Als wäre er in einen gespielten Witz geraten und lache sich lautlos krumm. Als säße nicht ich ihm gegenüber, sondern ein Dentist, der ihm Erlösung versprach.

»Früher habt ihr euch jede Woche getroffen«, sagte ich. »Ist es wahr, dass er an Magenkrebs leidet?« Ich schlug die Spitzen meiner Schuhe gegeneinander, dachte an vergangene Zeiten, bildete mir ein, von weit her die Glocken unserer Michaelskirche zu hören, landete unversehens beim Sinn des Lebens.

Zur Entspannung nahm ich das Gespräch wieder auf. »Wie ich gehört habe, liegt er immer noch im Uniklinikum. Hoffentlich stirbt er nicht.«

Dem alten Mann liefen Tränen übers Gesicht. Ob aus Mitgefühl für seinen Freund oder für sich selbst, war nicht zu klären.

Mit einem Ruck stand ich auf. Ich stellte mich vor ihn, beugte mich nach vorn und stützte die Arme auf die Oberschenkel, um ihm besser in die Augen sehen zu können.

»Das habe ich mir so lang gewünscht«, sagte ich zu seinem zuckenden Schädel. »Dass jemand mit mir weint. Lächerlich. Das war mir schon damals klar, so brunzdumm ist nicht mal ein Kind. So ein Bub, acht, neun Jahre alt, der weiß schon, dass niemand die Hand unter sein Kinn hält. Du verstehst: wie eine Schale. Um die Tränen aufzufangen und zu sammeln. Und die Vergissmeinnicht auf dem Friedhof damit zu düngen. Halleluja. Hosianna. Gläubig waren wir alle. Aber so was haben wir nicht geglaubt. Wenn ich ehrlich bin, stinken deine Tränen. Denk dir nichts, das ist das Selbstmitleid.«

Er grunzte wieder, röchelte. Als ihm der Rotz aus der Nase lief, schlug ich ihm mit der Faust gegen die Stirn. Sein Hinterkopf knallte gegen den Baumstamm. Dann sackte sein Kopf nach unten und blieb so.

Unerträglicher Anblick.

Wie seinerzeit im Haus der Liebe fiel ich auf die Knie.

»Du, Eddi«, sagte ich. »Was ist mit dem Vitus Hofherr? Wird der wieder? Müssen wir uns Sorgen machen? Du und ich, die alten Freunde. Davon abgesehen, finde ich es ziemlich unhöflich, dass du mich nicht anschaust, wenn ich mit dir rede. Ich schau dich ja auch an. Ein Vergnügen ist das nicht. Eddi?«

Als er den Kopf hob, hatte sich sein Gesicht unter einer schmierigen Schicht aus Körperflüssigkeiten rot gefärbt. Aus seinem Mund kamen gurgelnde Geräusche. Vermutlich brauchte er etwas zu trinken.

In Reichweite stand sein Rucksack. Darin befanden sich, wie ich festgestellt hatte, ein Plastikbehälter mit einen Schinken- und einem Käsebrot, eine Flasche Wasser, eine kleine Flasche Kirschbrand und zwei mit einer Kühlmanschette ummantelte Bierflaschen – alles trotz des Sturzes unversehrt. Dazu ein Schweizer Messer, ein Flaschenöffner und eine Packung Papiertaschentücher. Ich nahm das Päckchen heraus und warf es dem alten Mann in den Schoß.

Mit glitschigen Fingern, deren Nägel abgekaut oder armselig geschnitten waren, pfriemelte er umständlich – mehrmals vergeblich, schließlich erfolgreich – am Klebestreifen herum. Dann zog er ein Tuch heraus und schnäuzte sich lauter als erlaubt. Ich ließ ihn gewähren.

Wie ein touristischer Umweltverschmutzer ließ er das vollgerotzte Knäuel auf den Waldboden fallen und machte sich daran, ein zweites Tuch zu angeln.

Um ihn zu stärken, schraubte ich die Schnapsflasche auf, beugte mich über ihn, hielt ihm die Nase zu – kein angenehmes Gefühl – und goss ihm einen ordentlichen Schluck hinter die Binde. Ich ließ seine Nase los und klappte sein Kinn hoch.

Er schluckte den Schnaps. Bevor er mich anhusten und bespucken konnte, sprang ich auf und machte einen Schritt zur Seite.

Viel kam nicht. Hauptsächlich ein undefinierbares Gurgeln. Er schluckte und schluckte, als bettele er um Nachschub.

»Alter Mann«, sagte ich. »Soll ich dir verraten, was mir gerade auffällt?«

Er schien interessiert. Jedenfalls schielten seine Augen in meine Richtung.

»Mir fällt gerade auf, dass du genauso alt bist wie damals. Wie ist das möglich, alter Mann?« Da ich, den Umständen entsprechend, nicht davon ausging, dass meine Frage in seinem Kopf eine philosophische Debatte in Gang setzte, nahm ich den Gedanken unverzüglich wieder auf.

»Ich vermute …«, sagte ich, schraubte die Schnapsflasche zu und verstaute sie in seinem Rucksack. »… es ist eine Sache der Perspektive. Damals, du weißt schon, wir: so hoch.« Ich hielt meine flache Hand auf Höhe meiner Knie. »Du und Herr Doktor et cetera: so hoch.«

Ich reckte den Arm in die Luft. »Groß und mächtig, schicksalsträchtig, wie es in dem Lied heißt. Letztlich Äußerlichkeiten. Größe, Gewicht, Haarfarbe: austauschbar. Aber was im Innern ist, kannst du nicht austauschen, das ist einzigartig, Gefühle, Gedanken, Herzschlag, Alter. Du weißt schon. So was bleibt für immer.

Was glaubst du: Wie viele Menschen weltweit werden in derselben Stunde, in derselben Minute, in derselben Sekunde geboren? Erblicken das Licht der Welt im selben Augenblick? Sag was.

Und wie viele Menschen weltweit kommen in derselben Minute, in derselben Sekunde zu Tode? Was schätzt du?

Nehmen wir Heiligsheim. Kennst du jemanden, der jemanden kennt, der genauso alt ist wie er selber, auf die Sekunde genau? Ich nicht. Ist mir unbekannt. Comprende, was ich sagen will?

Du bist einzigartig, Eddi. Möglicherweise nicht gerade weltweit, aber in Heiligsheim auf jeden Fall. Absolut singulär. Freust du dich?«

Worüber er weinte, war schwer zu sagen.

An den Baumstamm ihm gegenüber gelehnt, schaute ich ihm zu, wie er in seinem Elend schwitzte, schmatzte und nach Atem rang. Luft war genügend vorhanden. Heiligsheim war ein Luftkurort.

»Auf Doktor Hofherr zurückzukommen«, sagte ich.

Allmählich brach die Dämmerung herein. Die Vögel verstummten oder hatten den Wald verlassen, weil sie unser

Schauspiel nicht stören wollten. Nur der Bach plätscherte erwartungsfroh, voller glänzender, genügsamer Steine und in glasklarer Schönheit.

»Er ging mit mir durchs Dorf, der allseits beliebte Dentist. Ich hatte eine kurze Hose an und ein Hemd. In welcher Farbe? Denk nach.«

Wenn ich mir seinen Schädel ansah, konnte ich keinen Denkvorgang erkennen.

»Weiß«, sagte ich laut.

Er zuckte zusammen. Die Farbe seines Gesichts changierte ins Beerenhafte. Immerhin waren wir umzingelt von wilden Brombeeren und Himbeeren.

»Und Sandalen«, erklärte ich ihm. »Niemand hielt uns auf. Weißt du, warum nicht? Weißt du's? Ja? Weißt du, warum uns niemand aufhielt? Erinnere dich: Der Weg von der Dorfmitte, sagen wir von der Bahnhofstraße, bis in den Wald hinterm Koglfeld beträgt mindestens zwei Kilometer, womöglich drei. Überall Geschäfte. Der Metzger Wallner. Der Bäcker Siebert. Der Friseur Gallus. Das Café Schmidt mit dem Minigolfplatz. Leute über Leute überall. Weißt du, warum uns niemand aufgehalten hat, ihn und mich?«

Nach einer Kunstpause fuhr ich fort: »Ich weiß es nicht. Deswegen frage ich doch dich: Warum?

Keine Antwort?

Der alte Vitus. Fabelhafter Bohrer. Beten wir, dass er die Klinik geheilt verlassen kann und zurückkehrt in sein Heimatdorf, wo ihm noch ein paar schöne Jahre vergönnt sein mögen. Das möchte er gern. Möchtegern möcht gern sein Leben genießen. Wird nicht klappen. Wenn ich ihm begegne, richte ich ihm Grüße von dir aus. Bist du einverstanden?

Was ist los mit dir? Noch einen Schluck? Lustig, wie

du dich wehrst. Gegenwehr kann so lustig sein. Für den Stärkeren natürlich, für den Älteren. Für den Wehrhaften.

Dieser Wald ist so eine Art Heimat für mich. Ich kletterte die Hänge hinauf, jagte Indianer und versteckte mich im Unterholz. Meinen Durst stillte ich im reinen Wasser des Griesbachs. Schau, da fließt er und weiß so viel über die Männer und Frauen aus der Gegend und verrät doch keine Silbe. Für den Griesbach waren unsere Tränen das Salz in der Suppe. Poetisch gesprochen. Du weißt schon, was ich meine.

Hinterher, wenn wir wieder Luft holen und unsere Sachen anziehen durften, knieten wir am Ufer und tunkten unseren Kopf tief tief tief hinein ins gnädige Nass. War das nicht schön?

Und dann wuschen wir uns die Augen aus und gingen zurück ins Dorf, bis zu den ersten Häusern, dem Bauern Fiedler und seinem Hof. Der Hof wurde von Gringo bewacht, einem Schäferhund, dessen Kette fürchterlich klirrte, wenn er aufsprang und losrannte und einen Fremden anbellte.

Wir waren keine Fremden, stimmt's, alter Freund? Uns erkannte Gringo sofort. Träge blieb er vor seiner Hütte liegen. Oder er trottete zu uns her, schnupperte und wedelte mit seinem buschigen schwarzen Schwanz. Er witterte keine Gefahr, woher auch? Die Gefahr war vorbei. Wir verbluteten bloß noch nach innen. Ist für einen Hund nicht zu erschnuppern.

Natürlich spreche ich jetzt von mir. Von mir und dem Herrn Doktor. Ich durfte dann nach Hause laufen, allein. Und ich rannte, so schnell ich konnte. Niemand hielt mich auf.

Daheim fragte mich meine Mutter, wo ich gewesen sei. Ich antwortete: Beim Spielen im Wald.

And that's the truth, Ruth.

Und du so? In welchem Teil des Waldes warst du beim Spielen? Habe den Ferdl nie gefragt, oder die anderen. Aber ich weiß zu würdigen, dass du die Stätten der Liebe nicht vergessen hast und noch immer hierherkommst, am liebsten an Sonntagen wie heut, allein und in Gedanken an die Stunden des Glücks.

Schau dich um. Viel hat sich nicht verändert. Der Wald trotzt den Angriffen der Zeit und der Holzfäller, er nimmt dich in Empfang und schweigt wie seit jeher.

Ja, unser Ferdinand. Das Glück war zu groß für ihn, er hat es nicht begriffen. Oder was meinst du? Wahrscheinlich liebte er zu sehr, der ahnungslose Ferdl. Kein Mensch erwiderte seine Liebe, vor allem nicht du. Wo warst du an jenem dritten September?

Das ist die Frage, die ich dir schon die ganze Zeit stellen will. Du lässt mich nicht zu Wort kommen, überflutest mich mit Erinnerungen, Mann!

Wo warst du an jenem dritten September? In der Apotheke? Drogen bewachen? Flanieren im Wald? Auf einem Kongress der Pharmaindustrie in Hamburg?

Einfache Frage mit der Bitte um eine einfache Antwort.

Ich höre dir zu.

Wir hören dir alle zu, der Tobi, der Hanse, der Ferdl, ich, alle. Spuck's aus! Wo warst du?«

Was der alte Mann ausspuckte, war weit entfernt von einer Antwort.

Zum wiederholten Mal attestierte ich ihm den Willen zur Kooperation. Doch sein Körper gehorchte ihm nicht. Offensichtlich funktionierte vieles in ihm nicht mehr, und wenn ich darüber nachdachte, spielte es auch keine Rolle. Die Nacht war nah, das Himmelreich ein schwarzes Bett.

Zeit zum Abendbrot.

»Was hältst du von einem letzten Abendmahl?«, fragte ich.

Durchs Geäst und das dichte Nadelwerk drang kaum noch Licht. Vor mir verschwamm der Anblick des benetzten Gesichts.

Während ich mich fragte, ob er die Tränen für diesen bedeutenden Moment aufbewahrt hatte oder der auferstandene Ferdl aus ihm weinte, ging ich auf ihn zu, beugte mich zu ihm hinunter. Den Ausdünstungen seines Körpers schenkte ich mit aller Macht keine Beachtung.

Tatsächlich – er schluchzte wie ein Schlosshund.

»Wir haben noch Brote«, sagte ich. »Wurst und Käse, praktisch frisch.«

Sein flehender Blick erinnerte mich an etwas.

Dann fiel es mir ein: an meinen eigenen Blick, als ich klein war und ein Ministrant auf Abwegen.

»Ist dir inzwischen eingefallen, wo du an jenem dritten September warst?«

Und wie durch ein Wunder bewegte sich der Kopf des Apothekers von rechts nach links und zurück.

»Nicht? Ehrlich? Kann ich nicht glauben.«

Das Wunder wiederholte sich.

»Unvorstellbar«, sagte ich. »An diesem Tag trugen wir Ferdinand Ballhaus zu Grabe. Und du? Wo warst du?«

Minuten vergingen in Schweigen.

Ein Rascheln im trockenen Laub, eine Kreuzotter vielleicht auf der Suche nach ihrem Geliebten. Der Bach plätscherte.

Jesus und die Seinen versammelten sich auf der anderen Seite des Grabes, und er brach das Brot und segnete es. Und die Toten hielten die Hände auf, denn sie waren hungrig von der ewigen Reise und zermürbt von den Lügen ihrer Freunde.

»Er war acht«, sagte ich. »Natürlich starb er nicht am Glück. Das habe ich nur so gesagt. War nur Smalltalk. Fällt's dir wieder ein? Bestimmt fragst du dich, woher ich das alles weiß. Hat jemand nicht dichtgehalten?, fragst du dich. Ist ein Verräter in euern Reihen? Nein. Wir sind in Heiligsheim, da verpetzt einer den andern nicht. Ein jeder ist seines Nächsten Alibi. Naturgesetz. Lächelst du?

Hab mich verschaut. Aber du. Du schaust mich an, und was siehst du? Genau: Ludwig Dragomir, Neubürger, Hausbesitzer, Musiker. Lebt im ehemaligen Maurer-Haus, das er von der Gemeinde gekauft hat. Warst du mal dort, im Haus? Sicher nicht. War nie nötig. Der Hanse kam immer freiwillig raus, ging durchs Dorf an der Seite eines Mannes, der kein Aufsehen erregte. Weißt du ja alles.

Wer bin ich wirklich?

Frag den lieben Gott, falls du ihm über den Weg läufst, so wie wir uns im Wald über den Weg gelaufen sind. Sag Grüß Gott zu ihm.

Weißt du, was supersuperlustig wäre?

Wenn er auch Grüß Gott sagen würde, der liebe Gott.

Haha, said the clown.

Im Maurer-Haus wohne ich und beherberge einen Gast. Der wartet schon sehnsüchtig auf mich. Er braucht sein Essen, muss sich frisch machen. Könnte dir auch nicht schaden. War ein Scherz. Willst du was essen? Scheibe Brot mit Schinken? Nein?

Dritter September.

Ich war da. Viele waren da. Danach gingen alle ins Gasthaus Zur Post, heute Postillion. Ich aber nicht. Ich ging zum Bahnhof, sagte zu meiner Mutter, ich müsste schnell zum Kiosk radeln, das neue Zack-Heft kaufen. Alles, was ich brauchte, hatte ich dabei.

Zweihundertsiebenunddreißig Mark.

Erinnerst du dich an die alte Währung? Setzte mich in den Zug. Fuhr in die Stadt. Stieg am Hauptbahnhof um und zehn Stunden später am Bahnhof Zoo wieder aus. Den Grenzbeamten hatte ich erzählt, ich würde meinen Onkel in Westberlin besuchen, der als Tierpfleger im Tierpark arbeitet.

Dritter September.

Ich war vierzehn und noch vor meinem Vater die feigste Sau im ganzen Land.«

Entgegen meinem ursprünglichen Plan verriet ich ihm nicht, wer ich war. Phasenweise fürchtete ich, er würde einen Herzinfarkt kriegen. Dann beruhigte sich der Atem Gottes in ihm wieder, und ich stellte ihm noch diverse Fragen. Seine Reaktion blieb am Rand der Panik.

Was hätte ich mit seinen Antworten auch anfangen sollen?

Mir brannten die Fragen auf der Seele, und als ich sie losgeworden war, packte ich den alten Mann unter den Achseln. Ich hob ihn hoch und lehnte ihn wieder gegen den Baum. Dann drehte ich ihn mit dem Gesicht zum Stamm. Mit einiger Mühe schnalle ich ihm den Rucksack um, drehte ihn noch einmal und ließ ihn los.

Zu meiner Überraschung hielt Eduard Rupp sein Gleichgewicht. Die Arme hingen schlaff an ihm herunter. Sein Gesicht bestand aus einer Maske schmierigen Ekels.

»Das Leben«, sagte ich lebensweise zu ihm, »nimmt manchmal die seltsamsten Wendungen. Lasset uns beten.«

Aus meiner ledernen Bauchtasche holte ich mein zusammengerolltes, eingebundenes Schulheft. Ich schlug es auf und trat, den armen Sünder im Auge behaltend, falls er kippen sollte, einen Schritt nach hinten.

»Lieber Gott«, begann ich, gedachte im Stillen der Toten und Getöteten und sah zum vermummten Himmel hinauf. »Erhalte mich auf deinen Stegen und lass mich nicht mehr irregehn. Lass meinen Fuß auf deinen Wegen nicht straucheln oder stillestehn. Erleucht mir Leib und Seele ganz mit deines Himmelslichtes Glanz.«

Ich senkte den Kopf, warf dem alten Mann einen langen Blick zu, rollte das Heft zusammen, steckte es ein und zog den Reißverschluss zu.

»Alles verstanden, Eddi? In deines Himmelslichtes Glanz.« Ich beugte mich nach vorn. »Da war kein Glanz. Alles Lüge. Da war nicht mal ein Himmel. Nur ein schwarzes, lautloses Nichts, die Kloake des Universums. Wir verschwanden darin und tauchten nie wieder auf. Tut es dir leid?«

In meinem Plan war dies die letzte Frage.

»Tut es dir leid?«

Keine Antwort.

»Tut es dir leid?«

Keine Antwort.

»Tut es dir leid?«

Keine Antwort.

»Tut es dir leid?«

Keine Antwort.

»Tut es dir leid?«

Keine Antwort.

»Tut es dir leid?«

Keine Antwort. Also knebelte ich meinen Gast in bewährter Manier. Ich verknotete das Tuch in seinem Nacken und schlug ihm mit der Faust gegen die Stirn. Das vertraute Geräusch des Metallbetts.

»So kam es, dass ich ihn schubste. Und er fiel, schlug mit dem Kopf auf einem Stein im Bachbett auf.«

Ich stand an der Tür der Kammer, die Hand auf der Klinke. »Er plumpste ins Wasser. Wie lange es dauerte, kann ich dir nicht sagen. Dr. Demmel stellte Tod durch Ertrinken und erhöhten Alkoholkonsums fest. Soweit ich die Kommissarin verstanden habe, fand der Gerichtsmediziner keine Hinweise auf Fremdeinwirkung. Unter uns: Wie auch? Wir waren keine Fremden, der Apotheker und ich. Wir waren alte Bekannte. Kaum konnte ich laufen, war ich schon Kunde bei ihm. Fremdeinwirkung! Allenfalls Freundschaftseinwirkung.

Siehst du das anders?«

5

Auf meinem Weg durchs Dorf fielen mir die Lüftlmalereien am Haus in der Alten Straße auf. Offensichtlich waren die gesamte Fassade frisch gestrichen und die Fenster der Bäckerei Siebert im Erdgeschoss erneuert worden. Das Bild unterm Dach zeigte einen Stammtisch mit munter zechenden Männern, im Hintergrund zwei Frauen, Bastkörbe im Schoß – falls ich das Motiv richtig erkannte. Jemand hatte die Tradition der ländlichen Freskenmalerei wiederaufleben lassen.

Meine Verehrung, dachte ich und ging weiter.

Sonntägliche Abendstille lag über Heiligsheim. In den Häusern, an denen ich vorüberkam, brannte Licht. Hier und da bemerkte ich eine Person auf einem der blumengeschmückten Balkone, rauchend oder einfach nur den Frieden genießend.

Mich begleitete der Geruch nach gemähtem Gras, Flieder und Holz. So manches Abenteuer ging mir durch den Kopf, das ich mit meinen Freunden oder allein erlebt hatte.

Ich blieb stehen.

Vorn an der Kreuzung hatte früher das Feuerwehrhaus gestanden. Im Haus dahinter wohnten die Eltern von Ferdl Ballhaus. Manchmal trafen wir uns im Speicher, und weil ich der Älteste war, gehörte es zu meiner Pflicht, Mut zu zeigen. Supermutig war ich allerdings nicht. Ich behauptete hinterher bloß, der Killer gewesen zu sein, wenn ich eine tote Ratte, einen toten Marder, einen toten Maulwurf oder als Höhepunkt einen toten Fuchs anschleppte. Meiner aufrichtig klingenden Aussage zufolge hatte ich die Tiere erwürgt oder in einer Plastiktüte erstickt, dann unter abgebrochenen Zweigen versteckt.

Vier Jungen knieten um mich herum und unterdrückten ihren Brechreiz. Wer sich als Erster traute, den Kadaver zu berühren, war schon mal kein Feigling. Sie trauten sich alle. Sie waren alle keine Feiglinge.

Ich belog sie, aber sie glaubten mir.

Ferdl war acht, als er starb. Ein Unglücksfall. Er ertrank beim Spielen im Griesbach. Ferdl Ballhaus konnte besser schwimmen als Flipper, so viel war klar. Niemand konnte sich erklären, wieso er nicht besser aufgepasst hatte.

Wie hätte er das schaffen sollen?

Wie hätte ich etwas beweisen sollen?

Bis zu diesem Moment an der Kreuzung, wo heute die Polizeiinspektion untergebracht war, bereute ich meine Tränen am offenen Grab des Freundes. Nicht, weil ich mich geschämt hätte zu weinen. Sondern, weil die Leute es sehen konnten. Vor allem meine Eltern und mein Onkel. Niemals hätte ich meine Tränen so entweihen dürfen.

Und weißt du, sagte ich und kehrte dem weißen, sauberen Haus mit dem blauen Polizei-Schild den Rücken und ging in Richtung Bahnhofstraße weiter, wer zu mir kam und seinen Arm um mich legte, als hätte ich ihm die Erlaubnis dazu erteilt?

Genau: Pfarrer Schubert. Er roch nach Weihrauch und Schmieröl. Vielleicht war es auch Rasierwasser. Gott hab ihn selig, dachte ich, als ich das Hotel Postillion erreichte.

Im Restaurant saßen noch vereinzelt Gäste. Ich sah ihre Silhouetten hinter den Gardinen. Vor dem Eingang zur Rezeption parkte ein Kleintransporter. Seit jeher kamen die Angehörigen und Freunde zum Leichenschmaus im früher so genannten Gasthaus Zur Post zusammen, später am selben Ort unter neuem Namen.

Und immer – das kannst du nicht wissen, Ferdl, weil du als Kind nie zu einer Beerdigung mitgehen musstest – spendierten die Hinterbliebenen auch dem Pfarrer ein Mahl, auf dass der liebe Gott ihnen wohlgesinnt bleiben mochte.

Wieder stand ich eine Zeitlang da, mitten auf dem Bürgersteig, die Hände in den Hosentaschen.

Zu Anfang meiner Abwesenheit von den vertrauten Wiesen, Kühen, Geranien, Wäldern, Melkern und Mördern hatte ich oft darüber nachgedacht, was mich gehindert hatte, den Mund aufzumachen. Feigheit natürlich. Aber das war keine Erklärung, nur eine Ausrede.

Angst vor Strafe? Vielleicht.

Nein.

Jahre später – schlagartig aufgewacht von meinem Lebenslärm aus Drogen, Alkohol und schlauem Geschäftsgebaren – schaute ich eines Morgens zum Himmel hinauf und erkannte nichts als kosmische Willkür.

Es war, mein lieber Freund Ferdl, der du nun schon vier Jahrzehnte unter der Erde liegst, der allgegenwärtige Segen des Pfarrers. Und ich brach in schallendes Gelächter aus.

Ich lachte so laut, dass einer der Gäste die Gardine zur Seite schob und nach draußen glotzte.

Beim Weitergehen lachte ich immer noch. Der Asphalt der Bahnhofstraße warf ein Echo gegen die Häuserwände ringsum. Dann sah ich den alten Rupp mit seinem Rucksack im Bachbett liegen, in dem nicht einmal König Ludwig ertrunken wäre, so seicht und lieblich plätscherte das Wasser dahin, und ich übergab mich fast vor Lachen.

Vor der Tür der Pumpe schüttelte ich mich. Meine Arme schlenkerten lustig um meinen Körper.

In der Obhut des Pfarrers, dachte ich und verstummte abrupt und kehrte in das Haus des Zorns zurück, schrumpfte mein Herz auf die Größe einer Oblate, mein Verstand, mein Mut, meine Liebe. Ich war da und gleichzeitig irgendwo da oben. Ich hätte meine Eltern und alle Erwachsenen zur Rede stellen können und hüpfte stattdessen durch die ungemähte Wiese am Koglfeld wie ein Hase auf der Flucht oder ruderte über den See auf der Suche nach Piraten.

»Hör mir zu«, sagte ich zu Regina an der Theke. »Gott will, dass wir auf ihn hören, gern an ihn denken und andächtig beten.« Vor mir lag mein Schulheft. Ich strich es glatt, weil ich es im Wald zu fest zusammengerollt hatte. »Gott will, dass wir vor heiligen Namen und Dingen Ehrfurcht haben. Weißt du einen heiligen Namen? Ich weiß einen: Schubert. Gott will, dass wir an Sonn- und Feiertagen die heilige Messe andächtig feiern.«

Regina stellte mir ein frisches Bier hin. »Du hast mir immer noch nicht gesagt, wo du den ganzen Nachmittag warst. Ich hab dir vier Mal auf die Mailbox gesprochen.«

»Mein Handy liegt zu Hause. Ich war spazieren. Ich brauchte eine kreative Pause. Hör zu: Gott will, dass wir unseren Eltern und Vorgesetzten gehorchen und ihnen Freude machen. Dass wir den Nächsten lieben wie uns selbst, ihm helfen und ihm nichts Böses tun.«

Ich trank einen Schluck. »Und da beginnt das Problem. Er will, dass wir den Nächsten lieben wie uns selbst. Kann das klappen?«

»Was redest du denn die ganze Zeit?«, sagte Regina.

Nach dem dritten Bier hatte ich genug und ging nach Hause.

In der Nacht schreckte ich aus dem Schlaf.

Ich rannte, nur mit meiner Unterhose bekleidet, in den Flur, riss den Schläger aus dem Schirmständer und stieß einen Schrei aus.

Im Traum war ein alter Mann in Gummistiefeln und einer grünen Regenjacke in meine Wohnung eingedrungen. Schweiß lief mir den Rücken runter. Der Schrecken pochte in meinen Schläfen. Ich rang nach Luft.

Tatsächlich traute ich mich nicht, die Haustür zu öffnen. Mit erhobenem Arm stand ich da, unfähig, eine Entscheidung zu treffen.

Von draußen drang kein Laut herein.

Aus der Kammer kam kein Mucks. Er schlief also. Unmöglich, er bluffte.

Ich hatte einen Schrei ausgestoßen, den er gehört haben musste.

Ich stieß die Tür zur Kammer auf und drückte auf den Lichtschalter.

Gefesselt und geknebelt wie er war, lehnte er am Kopfende, schweißüberströmt, genau wie ich. Als er den Schläger sah, ging sein Atem noch schneller.

»Wieso schläfst du nicht?«, fragte ich.

Er brummte etwas ins Geschirrtuch. Seine Augen fixierten den Schläger.

»Handliches Teil«, sagte ich. »Habe ich aus Berlin mitgebracht. Wir brauchten so was im Lokal, für den Notfall. Aluminium, unzerbrechlich, gut unterm Tresen zu verstauen, nur sechzig Zentimeter lang. Optimaler Baseballschläger.«

Ich sah ihm an, dass er mit dem Schlimmsten rechnete. »Wie gesagt, nur für den Notfall. Haben wir einen Notfall?« Ich klopfte mit dem Schläger aufs Bettgestell. Das Geräusch des Metalls klang beinah melodisch.

»Weiterschlafen!«, sagte ich, machte das Licht aus, ging in den Flur, warf die Tür zu.

Meine Hände zitterten immer noch. Der Traum spukte weiter in mir.

Ich kam nicht vom Fleck.

Plötzlich fragte ich mich, ob sie den alten Rupp bereits gefunden hatten. Lächerlich. Es war mitten in der Nacht. Keine Sau streifte um die Zeit durch den Wald, nicht einmal Rehe oder Füchse. Mein Plan war perfekt.

Endlich gab ich mir einen Ruck und stellte den Baseballschläger in den Schirmständer zurück.

Minutenlang wusch ich mir im Bad das Gesicht mit eiskaltem Wasser. Ich hielt den Kopf unter den Strahl, rubbelte mich trocken.

In den folgenden vier Stunden lag ich wach im Bett.

Beim Gedanken, der Apotheker könnte unsere Begegnung im Wald überlebt haben, drehte ich mich zur Seite und lachte lautlos die Wand an. Ich hatte ihm dabei zugesehen, wie er halb bewusstlos Wasser schluckte, bis der Herrgott ihn erlöste.

Ich konnte deshalb nicht einschlafen, weil ich mir Vorwürfe machte. Den alten Mann hätte ich nicht so einfach davonkommen lassen dürfen.

Andererseits warteten noch weitere Männer und eine Frau auf mich. Einer von denen würde reden, hundertprozentig. Im Wald hatte mich mein heiliger Zorn überwältigt. Das durfte kein zweites Mal passieren.

Mit solchen Gedanken schlug ich mich herum, bis ich

schließlich gegen fünf Uhr morgens doch noch ein wenig eindämmerte.

Am nächsten Abend erfuhr ich in der Pumpe von der erfolgreichen Suche nach dem Vermissten. Der Arzt, den die beiden Polizisten Richter und Hennig, die Eduard Rupp gefunden hatten, sofort verständigten, konnte nur noch den Tod feststellen.

»Beim Wandern besoffen ertrunken«, sagte Regina. »Hoffentlich ist meinem Steffen nicht auch was Schlimmes passiert.«

»Mach dir keine Sorgen«, sagte ich.

Sie strich mir zweimal über die Wange und lächelte traurig.

Der glatzköpfige Kleinschmidt, der an der Schmalseite des Tresens saß, tat, als kriegte er nichts mit. Ich mochte ihn nicht, aber dass er noch am Leben war, rührte mich fast.

6

In meinem Leben gab es dunkle Stunden, O Lord, und nicht nur bei Nacht. Aber glücklich war ich auch, obwohl ich bezweifele, dass ich meinen Zustand als Glück bezeichnet hätte, wenn jemand mich danach gefragt hätte.

Was für ein Blutbad, als wir das erste Mal miteinander schliefen. Sie musste das Laken wechseln und Wasser, Seife und einen Schwamm besorgen, um die Flecken aus der Matratze zu schrubben. Danach schlich ich mich aus dem Haus und rannte los.

Für ihren Vater war ich eine Art letzter Dreck.

In den sechziger Jahren des vorigen Jahrhunderts konnte ein angesehener Arzt seiner Tochter noch den Umgang mit einem sozial unterprivilegierten Jungen oder einem, den er dafür hielt, verbieten. Zumindest in einer angepassten Gesellschaft wie in einem Dorf. Die Rollen mussten stimmen. Natürlich hatte das Mädchen die Wahl aufzubegehren.

Er schlug sie. Er misshandelte sie nicht. Er schlug ihr ins Gesicht und verurteilte sie zu Hausarrest.

Zwischen einem Arzt und Vater und einem Richter am Amtsgericht bestand seinerzeit kein Unterschied. Jeder wusste das, niemand nahm Anstoß an den Regeln.

Doch, wir waren auch glücklich. Trafen uns am See, aßen Eis, hielten uns an der Hand, saßen im Gras, lehnten aneinander außerhalb der Zeit und der gewöhnlichen Welt.

Falsch.

Die Frau des Wirts, der das Restaurant im Schwimmbad betrieb, radelte, vom Zufall beflügelt, auf der Straße vorbei und erzählte ihre Beobachtung am nächsten Tag ihrem Hausarzt Dr. Stein.

Von der anderen Seite des Sees – oder er hockte, gut getarnt, mit einem Fernglas im Wipfel der Buche, unter der wir unsere Fahrräder abgestellt hatten – verfolgte Hubert Gallus, der Friseur, unser Treiben und berichtete am nächsten Tag Dr. Anita Stein davon.

Sie hatte keinen Doktortitel, legte als Gattin jedoch Wert darauf.

So kam es, dass Bibiana in ihrem Zimmer mit dem runden Fenster saß und auf die Wiese hinunterschaute, wo ich ihr winkte. Ich war dreizehn und unbewaffnet.

Später, in meinen schlaflosen Nächten in Berlin, erfuhr ich vom Recht auf Waffen in den USA und wünschte, ich wäre dort geboren und hätte die Hunde von Heiligsheim zur Strecke gebracht.

Natürlich nicht die vierbeinigen Hunde.

Don't worry, Gringo!

Meine Mutter fragte mich wenig. Sie arbeitete den ganzen Tag im Kiosk und jeden Dienstag- und Donnerstagabend als Kellnerin im Gasthof Zur Post. Auch wenn sie ein wortkarger Mensch war, wusste sie alles, was im Dorf vor sich ging. Mein Leben lang hatte ich mich gewundert, dass sie an ihrem Wissen nicht erstickt war, bis heute nicht.

Irgendwann einmal musste sie doch aus dem Schlaf hochgeschreckt sein und geschrien haben, dachte ich.

Irgendwann einmal musste sie sich doch übergeben haben, dachte ich.

Irgendwann einmal musste sie doch ihren Mann und ihren Schwager zur Rede gestellt haben, dachte ich.

Was ich alles dachte im Rausch, im Delirium. Ich dachte und dachte und schrie und übergab mich.

Ich schrie die Geister an, die sich an jenem dritten September, als ich zum Bahnhof radelte und für immer verschwand, in meinem Schatten versteckt hatten und nicht mehr von meiner Seite wichen. Obwohl ich irgendwann glaubte, ich wäre ein anderer geworden und die Zukunft meine Zukünftige.

Haha, said the clown.

»Gott will, dass wir mit anderen in Frieden leben und jedem sein Recht geben«, las ich meinem Gast vor. »Gott will, dass wir schamhaft und keusch sind.« Ich betrachtete den Mann Ende fünfzig, der damals höchstens achtzehn war und schon ein Mann sein wollte.

Ein Mann wie Vitus Hofherr. Ein Mann wie Eduard Rupp.

»Sprich zu mir«, sagte ich.

Er sprach nicht. Stattdessen lag er da und sah blass und alt und verschreckt aus – vermutlich wie seinerzeit Tobi, der erst sieben war und schon ein Greis vom geschundenen Schauen her.

Ich widmete mich wieder der schönen Schrift. »Gott will, dass wir das Eigentum achten.« Ich hob den Kopf. »Tun wir. Ich bewahre das alte Maurer-Haus und lass keine ungebetenen Gäste herein.« Unter der Überschrift »Wahrheit« stand: »Gott will, dass wir immer wahrhaftig sind.«

Das Heft im Schoß, faltete ich die Hände.

»Wie wahr, alter Mann. Das Jahrhundert der Lügen und Tricks ist vorbei. Wir verstecken uns nicht mehr vor dem, was ist. Und was ist? Was? Ich sah den alten Rupp im Wald. Ich sehe dich in diesem Bett. Ich sehe andere, wie sie der Wahrheit ins Gesicht starren, nämlich mir.

Handfeuerwaffen sind was für amerikanische Feiglinge. Brauchen wir nicht. Siehst du? Keine Pistole weit und breit, kein Revolver, kein Gewehr. Nur Hände.

Sind so kleine Hände, darf man nie drauf schlagen, die zerbrechen dann. Schon mal gehört? Macht nichts. Sind so kleine Hände, winzige Finger dran. Schau nach! Alle noch dran? Hör zu: Gott will, dass wir uns beherrschen und unsere Fehler bekämpfen.«

Nachdem ich eine Zeitlang in Stille verharrt hatte, unterdrückte ich das Bedürfnis zu handeln. Manchmal diente Selbstbeherrschung einem höheren Zweck. Und der höchste Zweck war der Tod, das wussten wir alle in Heiligsheim.

Wie jedes Mal stellte ich den Stuhl an die Wand, warf einen letzten Blick auf meinen Gast, dessen Gottvertrauen, so schien mir, den Nullpunkt erreicht hatte, und schloss die Tür hinter mir.

Im Flur hing ein Geruch nach feuchten Kleidern.

Mein Gott, dachte ich, was für ein Glück, hier zu sein.

Vor lauter unerwartetem Übermut lief ich in die Küche und köpfte eine Flasche Bier. Himmlischer Genuss. Zwölf Uhr elf und einen eisgekühlten Löschzwerg im Rachen.

Außer Löschzwerge kaufte ich kein anderes Bier im Getränkehandel Melchinger, jeden Samstag eine Kiste. Samstag war der Tag der Biereinkäufer. Ich gehörte dazu.

Wir grüßten uns, und ich ließ mich wegen der Sorte verarschen. Warum Melchinger das Bier einkaufte, wenn niemand im Dorf es trank, blieb mir ein Rätsel. Vielleicht war er mit dem alten Schimpfle, der das Gebräu erfunden hatte, verwandt oder verschwägert. Mir schmeckte das Bier in den kleinen Flaschen mit dem Ringverschluss, den man abzog, als würde man eine Handgranate zünden.

Auch nach fünf bis sechs Flaschen brauchte ich am nächsten Morgen kein Aspirin. Zwar behauptete der eine oder andere Melchinger-Kunde, er würde schon nach einer Flasche Löschzwerge Kopfschmerzen kriegen. Das war nur so dahergesagt. Smalltalk unter Männern am Samstagmorgen.

Dörfliches Treiben, während die Frauen Karriere als Hausfrau machten.

Ich schaute auf die Uhr. Um fünfzehn Uhr wollte ich in der Stadt sein. Wenn alles gutging, wäre ich gegen zwanzig Uhr wieder zurück und bereit für ein Getränk in Reginas Dunstkreis.

Während ich in der Küche saß und, die Beine ausgestreckt auf einem zweiten Stuhl, den Löschzwerg leerte, brachte ich Bibiana nicht mehr aus dem Kopf.

Das runde Fenster ihres Zimmers. Das Bett voll Blut. Ihre Berührung, als sie mich ermahnte zu gehen. Wo sie mich berührt hatte, wusste ich nicht mehr.

Mit aller Macht versuchte ich, mich zu erinnern. Es gelang mir nicht. Ich war mir vollkommen sicher, dass sie es getan hatte. Ich stand bei ihrer Tür, hilflos, mit hämmerndem Herzen, armselig. Verzweifelt überlegte ich, ob das Blut von mir stammte oder von ihr. Niemand hatte mir je erzählt, was beim ersten Mal passierte. In diesem Moment war ich überzeugt, mein Penis wäre eine einzige Wunde. Als hätte ich mich an Bibianas Körper geschnitten.

Da kam sie zu mir und legte ihre Hand an meine Wange.

Oder an meinen Hals. Oder an meinen Arm. Ihre Haut roch nach Sonnencreme.

Ich holte eine zweite Flasche aus dem Kühlschrank, zog den Ring ab und trank, ohne abzusetzen, bis zum letzten Tropfen. Was suchten diese Bilder in mir, fragte ich mich. Welcher Gedanke, welcher Blick, welcher Gegenstand hatte sie ausgelöst? Geträumt hatte ich nicht von Bibiana, so viel stand fest.

Ich umklammerte die Flasche und stellte mir vor, wie ich sie gegen die Wand warf, den Flaschenhals packte und in die Kammer ging, um Blut zu sehen.

Der gestrige Tag steckte mir noch in den Knochen. Dabei war die Kommissarin das geringere Übel.

Wie Regina sich im Gasthaus und bei der anschließenden Befragung verhalten hatte, verursachte mir Übelkeit.

Ich wandte mich um und stapfte in den Flur. Gottverdammter Kerl in der Kammer, dachte ich und streckte die Hand nach der Klinke aus.

Falsch.

Dummer Hund. Damit war ich gemeint. Schon gestern hatte ich minutenlang die Kontrolle über mich verloren, was mich noch mehr ärgerte als Reginas kindisches Benehmen und ihre anbiedernden Antworten.

Jetzt war ich so weit gekommen. Welcher Geist war in mich gefahren, der mich beinah um den Lohn meiner Arbeit brachte?

Mir war schlecht. Ich konnte nicht zulassen, dass ich mich erbrach.

Zum zweiten Mal an diesem Tag stellte ich mich unter die kalte Dusche. Ich bewegte mich keinen Zentimeter von der Stelle, ertrug das Prasseln des eisigen Strahls. Danach fühlte ich mich gesund.

Als ich ins Auto stieg, hatte Bibianas Gesicht keinerlei Konturen mehr.

Ich war wieder im Vollbesitz der Gegenwart.

Sie kam rein, setzte sich an die Bar, bestellte ein Bier, zündete sich eine Zigarette an und nahm mich in Augenschein. Ich schätzte sie auf sechzehn. Später stellte sich heraus, dass sie an diesem Tag ihren achtzehnten Geburtstag gefeiert hatte und auf der Suche nach einem Fenster zur Zukunft war.

Mitte der Achtziger, ein paar Tage vor Weihnachten.

Ich arbeitete, um meinen Drogenkonsum zu finanzieren, als Kellner und Fahrer im Blaubart am Stuttgarter Platz in Berlin-Charlottenburg – unermüdlich damit beschäftigt, die Fenster zu meiner Vergangenheit für alle Zeit zu verrammeln.

Obwohl ich nur sechs Jahre älter war als sie, hatte ich zwei Drittel des Sumpfes schon hinter mir, aus dem ein Leben, wie ich es führte und sie noch führen sollte, phasenweise unweigerlich bestand.

Sie strahlte noch die Zuversicht des zum Aufbruch bereiten Weltenbummlers aus.

Als ich sie ein Jahr später in Hamburg besuchte, wo sie sich einen Platz in einem Fenster in der Herbertstraße erobert hatte, erkannte ich in ihren Augen den umherirrenden Blick einer in der Fremde gestrandeten jungen Frau, auf deren Gesicht das nahende Zeitalter der Angst schon erste Schatten warf.

An jenem Nachmittag im Dezember jedoch feierten wir im Blaubart ihre Jugend.

Sie nannte sich Sima.

Ihr richtiger Name lautete Silke-Maria Ahorn. Das bedeutete, sie hatte ihren Vornamen nur verkürzt, während ich meinen erfunden hatte. Spielte keine Rolle.

In meinem Pass stand Ludwig Dragomir, es handelte sich um einen legalen Pass.

Die Dinge waren damals weniger kompliziert, zumindest in Westberlin. An einen neuen gültigen Personalausweis zu kommen, stellte kein Problem dar. Das Dokument war eine Fälschung. Seine Beschaffung kostete mich allerdings fast ein Jahr als Spielzeug für einen Geschäftsreisenden aus Westdeutschland, der seine regelmäßigen Besuche in der DDR mit einem Entspannungswochenende im Hotel Intercontinental einleitete.

Tempi passati.

Kurz nachdem ich volljährig geworden war, fiel mir der Ausweis relativ zufällig bei einem Bootsausflug auf dem Lietzensee ins Wasser. Mit dem verschrumpelten Rest beantragte ich einen Reisepass, den ich als Bürger der Stadt und Kochlehrling in der Gaststätte Blaubart ohne Probleme erhielt und der dann im Lauf der Jahrzehnte ständig verlängert wurde.

Auf meine Geburtsurkunde hatte nie jemand einen Blick geworfen.

Für das, was im Blaubart an Speisen angeboten wurde, brauchte es keinen Koch und erst recht keinen Lehrling. Verschweißte Würstel und Buletten heiß zu machen und Kraut und Kartoffelsalat auf einen Teller zu schaufeln, schaffte ich in meinen schlimmsten Rauschzuständen. An Beschwerden von Gästen konnte ich mich nicht erinnern.

Glory days.

Wladimir Prokov, genannt Wladi, der Wirt, unterhielt Geschäftsbeziehungen zu einflussreichen Landsleuten ebenso wie zu Vertretern der einheimischen Polizei, Justiz und Wirtschaft. Wenn wir medizinische Hilfe brauchten, fragten wir einen Arzt oder Apotheker unseres Vertrauens.

Das änderte nichts daran, dass mein Leben einer Kloake glich, voller Gifte, Dreck und Fäulnis. Aber ich fiel nicht auf. Das Schicksal hatte mich an diesen Ort geführt, und ich lernte schnell.

Ich vermutete, dass meine Eltern mir die Polizei auf den Hals gehetzt hatten. Natürlich hatten sie keine Ahnung, wo sie nach mir suchen sollten. Zwei Wochen nach meiner Ankunft in der Stadt hatte ich zu Hause angerufen. Meine Mutter war am Apparat. Ich erklärte ihr, ich würde für immer verschwinden und sie solle mich vergessen. Sie heulte. Ich hängte ein.

Ein Jahr später rief ich noch einmal an. Dasselbe Spiel. Das war's.

Die Leute um mich herum glaubten, ich wäre eines der tausend Straßenkinder in Berlin, was mir Zugang zu entspannten und solidarischen Wohngemeinschaften und perfektem Dope verschaffte.

Wann immer ich Muße hatte, las ich Bücher, Romane und Gedichte, Zeitungen und Illustrierte. Ich hörte Rockmusik, prügelte mich mit Leuten, die ich nicht kannte, lief durch die geteilte Stadt, übte, unsichtbar zu sein.

Unaufhörlich dachte ich an Tobi, Ferdl und die anderen und wusste, die Zeit war noch nicht reif.

Der Reifeprozess der Zeit begann mit Simas Erscheinen im Blaubart, am Tag fünfundsiebzig nach meiner letzten Marihuana-Pfeife.

»Du bist aber nicht aus Berlin«, sagte Sima. »Dein Dialekt klingt irgendwie süddeutsch.«

Manchmal, wenn ich getrunken hatte, entglitt mir mein Sprechen. Machte mich wütend.

Um diese Zeit, gegen sechzehn Uhr, war die Kneipe leer. Gewöhnlich kamen die ersten Gäste ab sechs. Manche blieben dann bis um drei in der Früh oder noch länger. Ich konnte mit Sima reden. Wir tranken Bier, weil sie Geburtstag hatte, was sie mir nach ein paar Minuten ungefragt und übergangslos mitgeteilt hatte. Daraufhin wollte ich ihr ein Glas Sekt spendieren, aber sie lehnte ab.

»Ich trink nur Bier und Wodka«, sagte sie.

Vor jedem Schluck stieß sie mit mir an. »Erzähl mir was von dir. Wo kommst du her? Wie lang bist du schon in Berlin?«

Sie ließ nicht locker.

»Seit meiner Kindheit«, sagte ich und war mir sicher, dass keine Spur von Dialekt zu hören war.

»O. k., aber wo bist du geboren? Ich mein, Ludwig ist nicht gerade ein Berliner Name. So heißen doch die Könige bei euch da unten.«

»Wo da unten?«

»In Bayern da.«

»Ich bin nicht aus Bayern.«

»Bist du sicher?«

Ich trank die Flasche aus und stellte sie hinter die Bar.

Falls entgegen aller Wahrscheinlichkeit doch ein Gast hereinkäme, sollte er mich nicht beim Trinken erwischen. Wladi hatte einen Hang zu sinnlosen Etiketten. Jemanden halb totzuprügeln, der betrunken auf den Toilettenboden kotzte, fand er nicht weniger notwendig als die klare Trennung zwischen Gast und Servicepersonal an der Bar. Seiner

Auffassung nach gehörten private Gespräche nach draußen oder nach nebenan in Verenas Pussy-Bar.

»Verrat du mir lieber, warum du deinen Geburtstag allein feierst«, sagte ich.

»Wieso allein? Du bist doch da. Prost, Ludwig, kleiner Lügner.«

»Nicht frech werden.«

»Du musst lieb sein, ich hab heut Geburtstag.«

Ich holte uns noch zwei Flaschen. Wir stießen wieder an und sahen uns in die Augen. Bevor ich reagieren konnte, drückte sie mir einen Kuss auf den Mund und schüttelte den Kopf, als hielte sie mich für den Erfinder des Zwielichts.

Dann wandte sie sich ab und betrachtete ihr Gesicht, das plötzlich, im Spiegel zwischen den Flaschen auf den Regalen, müde und kindlich wirkte.

»Ich sag's dir«, begann sie und suchte meinen Blick im Spiegel. »Weißt du, wieso ich lieber allein in der Kneipe sitz als mit meinen Freundinnen in einem pseudoschicken Restaurant am Ku'damm? Kann ich dir sagen. Weil sie Verräter sind, und Feiglinge.« Sie nahm einen Schluck.

Mir war klar, dass sie schon getrunken hatte, bevor sie hereingekommen war. Ich musste wachsam bleiben. Besoffene Mädchen trieben Wladi zur Weißglut. Ohne Vorwarnung neigte er dazu, sie an den Haaren zu packen und auf die Straße zu schleifen. Gelegentlich musste ich ihm helfen, weil die Mädchen zu zweit oder dritt waren und alle im selben Zustand.

Für Sima brauchte ich eine Strategie. Ich würde sie auf keinen Fall gehen lassen und schon gar nicht vor die Tür werfen. In dieser Nacht würde sie mir gehören und sicher nicht zum letzten Mal.

Ich hatte das merkwürdige Gefühl, Wladi könnte plötzlich hereinschneien. Also ging ich hinter den Tresen, stellte mich vor das Mädchen und stützte mich auf der Spüle ab.

Sie kniff die Augen zusammen, fragte aber nichts, sondern versank in Gedanken. Dann trank sie wieder einen Schluck und sah mir in die Augen.

»Ich bin eine Mörderin«, sagte sie. »Aber ich bereu gar nichts.«

Alles, was sie getan hatte, war eine Abtreibung.

An ihrem achtzehnten Geburtstag hatte sie gerade die Klinik verlassen, um sich im Blaubart volllaufen zu lassen. Natürlich hörte ich ihr aufmerksam zu, ohne jeden Anflug von Gleichgültigkeit. Ich tat, als wäre ich erschüttert über das Verhalten ihrer Freundinnen, die sie bei ihren Eltern verpetzt hatten.

Das lag in der Natur dieser Mädchen. Worüber regte Sima sich auf?

Dem Höflichkeitskodex gemäß, fragte ich sie nach dem Vater des Kindes.

»Max Mustermann«, sagte sie, trank und knallte die leere Flasche auf den Tresen.

Ich holte eine neue aus dem Kühlschrank, öffnete sie, stellte sie ihr hin, mit dem Etikett nach vorn – wie ein Glas, auf dem der Gast den Namen der Brauerei erkennen sollte. Oder aus welchem Grund auch immer diese Regel eingeführt worden war.

»Das ist ja mal ein Name«, sagte ich.

Vielleicht hielt sie mich für zurückgeblieben. Vielleicht verspürte sie das dringende Bedürfnis, mich zu verarschen. Vielleicht war sie betrunkener, als ich dachte.

Sie nahm einen langen Schluck, wischte sich mit dem Handrücken über den Mund und fing auf ihrem Barhocker an zu schwanken. Ich richtete mich auf, gefasst auf alles Mögliche.

»Was geht dich der Name an?«, sagte sie.

Ich zuckte mit der Schulter.

»Deine Brille sieht scheiße aus«, sagte sie.

Ich trug eine Art Pilotenbrille mit geschliffenen Gläsern. Ein Freund von Wladi war Optiker. Er hatte gemeint, das Modell passe optimal zu meinem Gesicht. Mir war egal, wie ich aussah. Hauptsache, anders als früher.

»Also, Max Mustermann.«

Jetzt lächelte sie müde. Für einen kurzen Moment fürchtete ich, sie würde eine Träne vergießen. »Max stimmt. Den Nachnamen verrat ich dir nicht, ich werd ihn nie wieder aussprechen, mein ganzes Leben lang nicht. In der Hölle soll er verrecken, der Kerl, in der Hölle.«

»Ist er Lehrer an deiner Schule?«

Eine Minute verging, bis der Ekel aus ihrem Gesicht verschwunden war. »Blöd bist du nicht. Ja, kann sein, dass er Lehrer ist. Ich sprech nicht drüber, und du hör auf, mich so Sachen zu fragen. Gib mir einen Wodka.«

»Nein.«

Die Antwort überforderte sie. »Fick dich. Ich will zahlen, ich geh woandershin.«

»Du bleibst.«

»Hast du hier was zu sagen?«

»Ja.«

»Lass mich in Ruhe. Was kostet das Scheißbier?«

»Du bist eingeladen.«

»Von dir lass ich mich nicht einladen.«

Sie glitt vom Barhocker, klammerte sich an den Tresen, zog ihren schwarzen Pelzmantel, den sie die ganze Zeit anbehalten hatte, noch enger um ihren schmächtigen Körper.

Ihre Haare hatten die gleiche Farbe wie der Mantel und bildeten ein struppiges Chaos auf ihrem Kopf. Trotz des Alkohols war ihr Gesicht weiß wie Schnee. Sie hatte einen kleinen, hübschen Mund. Die Dunkelheit in ihren Augen übte eine magische Anziehungskraft auf mich aus.

Mir war bewusst, dass ich sie immer wieder anstarrte und nicht anders konnte. Ich bildete mir ein, die Nacht fürchte sich vor dem schwarzen Feuer ihrer Augen– wie die Feiglinge, die Sima auf dem Schulhof aus der Ferne anmachten, weil sie in ihrer Nähe wie Butterbrotpapier verbrannt wären.

Sie brauchte niemanden, der auf sie aufpasste. Gleichzeitig zitterte sie vor Verlangen nach einem Beschützer, der ihre Widersacher vernichtete und ihre Freundinnen von der Erde verbannte.

»Glotz nicht so«, sagte sie.

Ich kam um den Tresen herum. »Setz dich an den Tisch. Ich bring dir was zu essen.«

»Ich will nichts essen.«

»Tu, was ich dir sag.«

Sie verzog den Mund. Ich sah hin und gab ihr einen Kuss. Sie verpasste mir eine Ohrfeige. Ich rührte mich nicht. Nach dem zweiten Schlag griff ich nach ihrem Handgelenk und mit der anderen Hand in ihre Haare. Sie fühlten sich geschmeidiger an, als sie den Eindruck erweckt hatten.

So dirigierte ich sie zu einem der Tische seitlich der Bar, drückte sie auf den Stuhl, krallte meine Finger fester in ihre Haare und zog ihren Kopf nach hinten. Aus dem schmerzverzerrten Gesicht drang keinen Laut.

Als ich sie losließ, bebte ihr Körper.

»Du kriegst einen Tee und was zu essen«, sagte ich. »Und zieh endlich den Mantel aus, es ist warm hier drin.«

Nachdem sie sich beruhigt hatte, lehnte sie sich zurück. Langsam kehrte der Blick zum Trotz ihrer Jugend zurück.

»Ich kann den Mantel nicht ausziehen, ich hab nichts drunter.«

»Gar nichts?«, sagte ich wie ein Idiot.

Sie schüttelte den Kopf.

7

Auf dem Weg von Heiligsheim in die Stadt gingen mir eine Menge Dinge durch den Kopf. Kein Zufall, dass eine Frau namens Silke-Maria Ahorn darin die Hauptrolle spielte. Ich hatte noch nicht mal die Autobahn erreicht, da sah ich sie im Halbdunkel der Blaubart-Bar sitzen und Würstel mit Kartoffelsalat essen.

Was hätte ich ihr sonst servieren sollen?

So begann die Art Beziehung zwischen uns, die von vornherein keine Zukunft versprach und an deren Ende Sima nicht nur mich verließ, sondern die Stadt. Als ich sie in Hamburg besuchte, bestand ihr Mund aus einem abgenutzten Lachen, und in ihren großen Augen spiegelte sich nichts als das dumpfe Verlangen Betrunkener. Trotzdem mimte sie die Selbstbestimmte, die sie seit ihrer Schulzeit hatte sein wollen.

Wenn ihre Schicht zu Ende war, saßen wir in einer Kneipe auf der Reeperbahn und tranken Wodka-Gimlets. Erschöpft lehnte sie den Kopf an meine Schulter.

In Berlin hatte ich sie vor der Polizei versteckt, die uns ihr Vater auf den Hals gehetzt hatte. Sima wusste, dass sie sich auf mich verlassen konnte, und sie tat, was ich von ihr verlangte.

Sie träumte von einem freien Leben im Süden, am liebsten in der Algarve, wo sie ein kleines Restaurant führen und jeden Abend den Sonnenuntergang feiern wollte.

Als sie davon anfing, musste ich lachen. Sie schlug mir ins Gesicht, wie an unserem ersten Abend im Blaubart. Diesmal schlug ich zurück – mit der Folge, dass sie ihre Träume von nun an für sich behielt.

Wladi stellte mich zur Rede. Er meinte, ich sollte meine Nerven besser unter Kontrolle halten und an meinem Umgang mit Frauen arbeiten. Ob Nutte oder nicht, Frauen verdienten Respekt. Und wenn man ihnen klarmachen musste, worum es ging, dann nur im äußersten Notfall mit Gewalt. Außerdem würden die Mädchen mir vertrauen, und Vertrauen dürfe man niemals missbrauchen.

Einmal in Fahrt, neigte Wladimir Prokov zu seltsamen Vorlesungen. Ich sei noch jung, erklärte er. Mit Anfang zwanzig müsste ich das wahre Leben erst noch lernen und dürfte mir nicht vorschnell Urteile erlauben, die zu sinnlosen Gewaltausbrüchen führten. Kummer und Leid würden mich noch früh genug ereilen. In meinem Alter hätte ich die Pflicht, Schönheit und Sinnlichkeit nicht automatisch mit Macht und Unterwerfung zu verbinden, sondern den Genuss und die Freiheit auszukosten, die eine aufblühende Frau wie Sima mir schenken würde.

Warum hätte ich ihn auslachen sollen? Er wusste nichts von mir, nur das, was ich ihm aufgetischt hatte.

Und ihn in den Momenten seiner Grundsatzbelehrungen daran zu erinnern, dass ich es gewesen war, der – nur mit einem Baseballschläger in der Hand – seine beiden schwerbewaffneten Konkurrenten vertrieben und dank meiner sinnlichen und sinnvollen Gewaltanwendung dafür gesorgt hatte, dass einer von ihnen inzwischen im Himmel und der andere zurück in Georgien war, entsprach mir nicht.

Ohne Wladis Vertrauen hätte ich das erste Jahr in Westberlin vermutlich nicht überlebt.

Er gab mir einen Job und stellte keine Fragen. Von seinen Leuten kaufte ich nur den besten Dope, was wahrscheinlich mit ein Grund dafür war, dass ich schließlich wieder davon loskam. Ich war ihm zu Dank verpflichtet, also hörte ich ihm zu.

Wladi konnte nichts dafür, dass Schönheit für mich der Anblick einer singenden Amsel auf einem Fensterbrett war und sonst nichts. Er konnte nichts dafür, dass meine Nerven kein spannendes Fußballspiel mehr ertrugen, weil sie schon zu lange zu viel anderes aushalten mussten. Er meinte es gut mit mir. Das war das Schlimmste.

Niemand hatte es je besser mit mir gemeint als Vitus Hofherr.

Seit ich Sima kannte, nannte ich ihn Max Mustermann.

Those were the days, my friend.

Die Musik spielte, während wir auf der Reeperbahn unsere Gimlets tranken. Das Lokal war voller Leute, die glaubten, sie wären in der großen Welt. Als Sima ihre Hand zwischen meine Beine legte, bat ich sie, damit aufzuhören.

Kein lauter Ton, kein Schlag, ein leises, aber bestimmtes Nein, gefolgt von einer fast ernst gemeinten Bitte. Sie hörte den Unterton und zog ihre Hand weg. Gehorsamkeit war eine Tugend. Das hatte ich ihr beigebracht.

Wie zuvor lehnte sie den Kopf an meine Schulter und schloss die Augen. Dann fragte sie mich, warum ich gekommen sei. Ich sagte, ich hätte sehen wollen, wie es ihr in der neuen Heimat erging. Beim Wort Heimat schlug sie die Augen auf und lächelte. Sie konnte es noch: ihre Lippen hatten dieses Lächeln nicht vergessen, auch wenn kein Mensch mehr danach verlangte. Zum Lebensunterhalt genügte ihr inzwischen ein Fensterlachen.

Warum ich tatsächlich nach Hamburg gekommen war, erzählte ich ihr nicht. War nicht wichtig. Ein Freund schuldete Wladi Geld. Ich hatte Wladi vorgeschlagen, die Rückbeschaffung mit einem Besuch bei meiner alten Freundin zu verbinden. Kein Problem.

Those were the days, my friend, we thought, they'd never end.

Fantastisch laute Musik, während ich auf dem Mittleren Ring im Stau stand.

Von meinem Prepaid-Handy, das ich nur für spezielle Aufgaben benutzte, hatte ich Sima bereits angerufen und ihr mitgeteilt, dass ich mindestens eine halbe Stunde später eintreffen würde. Für sie machte das keinen Unterschied. Für mich auch nicht. Für ihren Liebhaber erst recht nicht.

Ungefähr zur selben Zeit, als ich das Haus in Heiligsheim gekauft hatte, war sie von Hamburg nach München gezogen. Was für ein Zufall.

In den vergangenen Jahren hatten wir kaum Kontakt gehabt, außer am sechzehnten Dezember, ihrem Geburtstag. An diesem Tag telefonierten wir regelmäßig. Als wir vor drei Jahren wieder miteinander redeten – länger und irgendwie intimer als sonst –, erzählte sie mir von ihren Umzugsplänen. Dass sie ein Haus in Portugal hatte, wusste ich schon, auch, dass sie regelmäßig dorthin reiste, um zwischendurch ihr Geld mit Touristen zu verdienen.

Eines musste ich ihr lassen: Sie hatte sich tatsächlich zu einer selbstständigen Frau entwickelt, absolut unabhängig von einem Zuhälter oder einer Zuhälterin, seit ihrer Zeit in Charlottenburg darauf bedacht, sich ein Minimum an persönlicher Freiheit zu bewahren.

Mir nötigte diese Haltung Respekt ab.

Ihr Umzug nach München bedeutete einen einzigartigen Glücksfall für mich. Mir wurde klar, wie sehr der Zufall der Urverbündete des entschlossenen Mannes war, und ich hatte das Recht, ihn mit aller Macht zu nutzen.

Eine Woche nachdem Sima ihren neuen Job im Laufhaus begonnen hatte und in die Wohnung ihrer Freundin in Trudering gezogen war, machte ich sie mit einem Mann aus Heiligsheim bekannt. Er war Anfang siebzig, unverheiratet, unscheinbar, unkompliziert, ein ewiger Freund käuflicher Frauen und Freuden.

Wahrheitsgemäß hatte ich ihm bei einer zufälligen Begegnung am Seeufer von einer Bekannten aus Berlin erzählt, die seit kurzer Zeit in München tätig sei, in einem Gewerbe, das er außerordentlich schätze. Zudem bevorzuge sie ältere Männer und wäre an einer Partnerschaft interessiert, ohne ihren Beruf aufgeben zu müssen.

Kurz nach Weihnachten war er zum ersten Mal ihr Kunde. Was ich inständig gehofft hatte, trat ein: Er verfiel ihr vollständig, und sie mochte ihn durchaus.

Menschenkenntnis. Mir konnte niemand mehr was vorspielen. Ich sah in ein Gesicht und wusste Bescheid. Ich hörte jemandem fünf Minuten zu und entlarvte all seine Lügen.

Im Nachtgeschäft hatte ich Jahr um Jahr mehr von den Maskeraden und Spielen der Menschen begriffen, vom bösen Hunger, der sie trieb, von ihren armseligen Sehnsüchten und jenen unseligen Süchten, die ich am eigenen Leib erfahren hatte.

Später – in meiner Position als Chef der Le-Chok-Bar – gehorchten mir Angestellte wie Gäste gleichermaßen. Sie glaubten, es wäre ihre Entscheidung, für mich zu arbeiten oder einen Platz zu reservieren. Dabei hatte ich sie längst ausgesucht und durchschaut. In meiner Umgebung duldete ich kein hinterhältiges Gebaren. Wer aufmuckte, flog raus.

Those were the days, these are the days, my friend.

»Lugg, na endlich!«, sagte er. »Wir haben schon gedacht, du hast dich in der großen Stadt verfahren, jetzt, wo du ein Landei geworden bist.« Er grinste und schlug mir auf die Schulter. Sima stand im Hintergrund und traute meiner Ruhe nicht. Das sah ich ihren fiebrig dunklen Augen an.

Auch sie hatte Kenntnis von den Menschen.

Der Mann, der mich leutselig und angetrunken umarmte, erkannte mich immer noch nicht.

»Grüß dich, Gregor«, sagte ich.

Er stieß ein Lachen aus, legte den Arm um Simas Taille, drückte sie an sich und glotzte mich an. »Du bist der einzige Zeuge, Luggi. Wenn du mich verrätst, muss ich dich leider umbringen.« Er lachte wieder. Launig schlug ich die Faust in die Hand und nickte.

»Ist mir klar«, fügte ich hinzu und machte eine Art Angstgesicht.

Wie an dem Nachmittag im Hauptbahnhof – nach den Ermittlungen von Kommissarin Darko angeblich der fünfte Januar – trug er eine speckige Lederhose und ein rotweiß kariertes Hemd. Vielleicht hatte er bei seiner Landflucht auf die Schnelle keine anderen Klamotten einpacken können.

Spielte keine Rolle, was er zu Lebzeiten angehabt hatte, wenn er im Inferno dem uralten, haarlosen Rupp über den Weg lief.

8

Bei offener Balkontür saßen wir am Wohnzimmertisch. Gregor Geiger redete. Begeistert von der Blödheit seiner Familie, speziell der seines Bruders, hob er alle fünf Minuten seinen Bierkrug, um auf die Freiheit und sein neues Leben anzustoßen. Ich stimmte in den Jubel ein. Wir stießen an. Glas auf Stein, das war fein.

Sima trank seit vielen Jahren kein Bier mehr, nur noch Weißwein, Sekt, Champagner, gelegentlich einen Wodka-Gimlet.

Während sie an ihrem Chardonnay nippte, warf sie mir Blicke zu. Sie spürte, dass etwas nicht stimmte. Auch wenn wir uns lange nicht gesehen hatten und nur noch selten telefonierten, schien sie mich damals, in dem Jahr nach ihrem achtzehnten Geburtstag, so intensiv studiert zu haben, um zu begreifen, wann ich bloß spielte oder es ernst meinte – egal, worum es ging.

An diesem Freitagnachmittag in der Zwei-Zimmer-Klitsche in Trudering rieb Sima vor lauter Zweifel über das, was ich sagte oder wie ich reagierte, ständig die Finger aneinander. Was für ein Spiel ich wohl trieb, fragte sie sich, und wieso dieses Spiel unübersehbar aus blankem Kalkül bestand.

Im Gegensatz zu Simas ungetrübter Beobachtungsgabe wirkte Geigers Selbstbespiegelungsarie zunehmend verschwommen.

»Und ich war so schnell draußen, dass die Alte nur noch die Rücklichter meines Arsches mitgekriegt hat.« Er meinte die Zeugin von der dänischen Grenze, mit deren Aussage die Kommissarin mich aus der Reserve hatte locken wollen.

»Ist nicht wahr«, sagte ich.

Sima sah zwischen uns hin und her und erschrak, als Geiger plötzlich den Kopf zu ihr drehte. »Dein Timing war sauber.« Seine Stirn war schweißbedeckt. Aus seinem Brustkorb kam ein gleichmäßiges Rasseln. »Hab ich dir schon gesagt, dass ich das Rauchen aufgegeben hab?«

»Nein.« Und weil ich derart in Stimmung war, sagte ich noch: »Echt wahr?«

»Echt wahr, Luggi. Da unten ist die Luft dermaßen rein und frisch, da schnaufst du wie ein durchtrainiertes Rennpferd.«

Etwas haute mit seinem Training trotzdem nicht hin, dachte ich. Angesichts dessen, was ihm bevorstand, hätte er ebenso gut wieder anfangen können zu rauchen.

»Und du bist schuld.«

»Ich?«, fragte Sima irritiert. Sie trug ein grünes, dekolletiertes Kleid und hatte ihre Haare hochgesteckt, was ihr Gesicht weich und hell erscheinen ließ. Ich hätte sie gern öfter einfach nur angesehen. Doch ich durfte Geiger nicht ablenken und den entscheidenden Moment verpassen.

»Du auch, Weib«, sagte er. »Aber vor allem er. Unser Luggi. Was war der? Barkeeper? In Berlin? Hast du uns immer verschwiegen, Luggi. Ich denk, der ist Musiker, schreibt Sachen für die Werbung, damit die Suppe besser schmeckt. Mit so was verdient der seinen Lebensunterhalt, hab ich gedacht.«

Ich saß ihm gegenüber. Er schaute mich an, redete aber ganz offensichtlich mit Sima. »Oder bring ich da was durcheinander? Hast du noch Bier im Kühlschrank, Süße?« Er schob ihr den leeren Krug hin. Als sie danach griff, küsste er sie mit aufgeplusterten Lippen auf den Mund und sofort ein zweites Mal. Dann lehnte er sich auf dem Sofa zurück, legte die Arme ausgebreitet aufs Polster, streckte den Bauch vor. Ich bildete mir ein, seine Lederhose knirschen zu hören.

Er warf mir ein Grinsen rüber.

»Was ist los?«, sagte ich mit geschmeidiger Stimme.

Er beugte sich vor, warf einen schnellen Blick zur Tür. »Du ausgefuchster Hund. Du hast genau gewusst, dass ich auf dieses Weib abfahr. Woher hast du das gewusst? Kennen wir uns so gut? Wie oft warst du bei uns unten am See? Nicht so oft. Also, was bist du? Musiker? Barkeeper? Zuhälter? Ist sie mal für dich auf den Strich gegangen? Gib's zu. Mir macht's nichts aus, das weißt du doch. Ich werd bald fünfundsiebzig und krieg noch mal so eine Chance. Da denk ich doch nicht über die Vergangenheit der Frau nach. Ich denk ja auch nicht über meine eigene nach, das wär ja völlig daneben. Also: Ist sie für dich gelaufen in Berlin? Hm?«

»Nein. Sima hatte nie einen Zuhälter.«

»Lüg mich nicht an, Luggi. Ich merk, wenn einer lügt. Mein Neffe, Gott hab ihn selig, war so einer. Der hat immer geglaubt, er kann mir alles erzählen. Schwerer Irrtum. Der Kleine hat ordentlich dafür büßen müssen. Scheiß drauf. Gib zu, dass du ihr Zuhälter gewesen bist und einen Haufen Geld mit ihr verdient hast.«

»Ich war Kellner, später hab ich mit einem Freund eine kleine Bar eröffnet, nichts weiter. Sima war Gast bei mir.«

»Red nicht so geschwollen daher. Ich hab das Recht zu erfahren, wie sie früher war. Wir sind jetzt ein Paar, und das bleiben wir auch, also spuck's aus und eier nicht rum.«

»Frag sie selber, wenn du mir nicht glaubst.«

Schnaufend und kopfschüttelnd lehnte er sich zurück. Er legte die Hände in den Schoß, biss sich auf die Lippen und nickte in Richtung Tür. »Darauf kannst du wetten, dass ich sie frag.«

»Tut mir leid mit deinem Neffen«, sagte ich.

»Wie kommst du auf den?«

»Du hast grad gesagt, er wär gestorben.«

»Was hab ich?« Er dachte nach. Es sah aus, als müsste er sich gleich übergeben. Eine Art Ekelempfinden verformte sein gebräuntes Gesicht. »Ah, du hast gute Ohren. Richtig, mein Neffe. Der ist tot.«

»Was ist mit ihm passiert?«

»Weiß ich nicht, interessiert mich nicht. Er ist abgehauen und nicht wiedergekommen. Niemand vermisst ihn.«

»Wie alt war er, als er abgehauen ist?«

»Keine Ahnung.«

Er hob den Kopf. »Wo bleibt das Bier?«, rief Geiger Richtung Flur.

Anscheinend hatte er nicht mitbekommen, dass Sima auf die Toilette gegangen war und die Tür verriegelt hatte.

»Wo steckt die?« Geiger winkte ab, wandte sich wieder an mich. »Musiker oder was? Aus Berlin? Hast du nicht mal erzählt, deine Eltern kommen aus Frankfurt? Und du bist jeden Sommer bei uns im Dorf gewesen?«

Als würde ich sinnieren, betrachtete ich meine leere Bierflasche. »Ich bin mit achtzehn von Frankfurt nach Berlin. Musste raus, was Neues erleben. Mein Vater wollte, dass ich das Geschäft übernehme. Antiquitäten, Bilder, Kunsthandwerk, wertvolle Stücke. Unsere Familie hatte einen großen Namen bei Leuten aus der Wirtschaft, der Politik, aus der Kultur natürlich. Aber das war nicht meine Welt. Ich wollte frei sein, Musik machen. Berlin war der optimale Ort dafür. Aber von irgendwas muss jeder leben, Luft und freie Liebe reicht da nicht. In der Gastronomie gab es immer Jobs, so bin ich in Charlottenburg gelandet. Und in einer der Bars, wo ich arbeitete, lernte ich Sima kennen. Sie war noch sehr jung, grad am Anfang ihrer Karriere, wenn du so willst.«

Geiger wippte mit dem linken Bein. So hatte ich ihn kennengelernt. So war er immer noch. Sein Gesichtsausdruck ein Brei aus Gleichgültigkeit und Verachtung.

Der kleine Hans hätte ein Lied davon singen können, wenn ihm je im Leben nach Singen zumute gewesen wäre.

»Super«, sagte ich, »dass du dich um Sima kümmerst und ihr gemeinsam an die Algarve ziehen wollt.«

Er nickte, sah wieder zur Tür, stemmte die Fäuste aufs Sitzpolster. Anscheinend hatte er vor aufzustehen. Dann sackte er in sich zusammen, wischte sich mit dem Handrücken über die Stirn.

»Ich muss dir noch was sagen.«

»Aha, hab's mir beinah gedacht, dass du noch was im Schilde führst. Was ist, Luggi? Schau nicht so verschreckt. Was?«

»Du musst nach Heiligsheim zurückkommen.«

»Guter Witz.«

»Kein Witz.«

»Freilich.«

Seine immer noch buschigen Augenbrauen hüpften vergnügt auf und ab. »Ich soll nach Heiligsheim zurück, und das soll kein Witz sein? Das ist ein Spitzenwitz. Ein Spitzwitz. Ehrlich, Luggi.«

»Dein Bruder.« Nach einer Kunstpause wandte ich mich kurz um, als wollte ich mich versichern, dass Sima uns nicht belauschte. Dann beugte ich mich über den Tisch. »Er hatte einen schweren Unfall. Ein Besoffener hat ihn nachts mit dem Fahrrad angefahren. Er ist in eine Baugrube gestürzt. Unglaublich tragisch.«

»Was für eine Baugrube? Spinnst du?«

»In der Bahnhofstraße, Ecke Kirchstraße. Da werden irgendwelche Glasfaserkabel verlegt, schnelles Internet auf dem Land.«

»Hör auf, mich zu verarschen.«

Ich sah ihm in die roten und wässrigen Augen. »Und stell dir vor, der Radler ist weitergefahren. Paul lag vier Stunden in der Grube, bis ihn in der Früh jemand gefunden hat. Der Zeitungsausträger.«

»Mein Bruder heißt Paulus, nicht Paul.«

»Entschuldige. Ich kenn deine Familie nicht so gut. Ich habe nur gehört, wie verzweifelt seine Frau ist und dass sie jeden, den sie trifft, fragt, ob er nicht vielleicht eine Ahnung hat, wo du steckst. Sie würde deinen Beistand dringend brauchen. Was hätte ich tun sollen? Ich habe hin und her überlegt. Und dann ruft mich Sima an, das macht sie manchmal, wie du weißt, und sagt mir, du müsstest daheim noch ein paar Dinge klären. Was für ein Zufall, habe ich gedacht und darauf gedrängt, dass du früher als geplant aus Portugal zurückkommst.«

»Hab mich schon gewundert, dass sie so einen Wirbel macht.« Offensichtlich hielt er es ohne Nachschub nicht mehr aus. Mit einiger Mühe wuchtete er sich in die Höhe, zog an den Hosenträgern und quetschte sich am Tisch vorbei. »Hast du ihr nicht gesagt, worum's geht?«

»Nein, nur, dass es wichtig ist, dass du dich beeilst. Eine Familienangelegenheit, da wollte ich nicht vorgreifen.«

»Schon recht. Red nicht so geschwollen daher.« Er machte eine abfällige Handbewegung, schwankte und stöhnte. Als er an der Toilettentür vorbeikam, schlug er mit der flachen Hand dagegen. »Bist du da drin? Komm raus!«

»Gleich.« Simas Stimme klang verzagt. »Ich hab was mit dem Magen, bin gleich wieder da.«

»Sensible Weiber.«

Ich hörte ein Klirren im Kühlschrank. Der Kronkorken landete auf dem Fliesenboden. Dann kam Geiger zurück, schob den niedrigen Tisch mit der Schuhspitze zur Seite, damit er mehr Platz zum Hinsetzen hatte, und plumpste auf die Couch. Natürlich hatte er nur eine Flasche mitgebracht.

Flasche und Krug schief haltend, schüttete er das Bier um, wartete, bis der Schaum sich gesetzt hatte, goss den Rest hinein, prostete mir zu und trank.

»Also, du hast das alles eingefädelt.« Er lallte, war aber noch nicht sturzbetrunken. Ich musste auf der Hut sein.

»Du solltest deinen Bruder noch heut Nacht besuchen«, sagte ich.

»Spitzenidee. Die lassen mich bestimmt rein ins Krankenhaus, um die Uhrzeit, ganz sicher.«

»Er ist gestern nach Hause verlegt worden.«

»Aha. Also geht's ihm besser.«

»Er liegt im Sterben, Gregor.«

Schweigen.

Durch die offene Balkontür drang Vogelgezwitscher herein, von fern das Rauschen des Verkehrs.

Geiger stellte den Krug auf den Tisch und starrte zu Boden. Ich setzte mich aufrecht hin, die Hände gefaltet im Schoß, in Gedanken an Regina, die seit zwei Stunden auf mich wartete und vermutlich schon fünf Mal auf die Mailbox meines Handys gequatscht hatte. Das Telefon lag in meinem Haus und bewachte meinen Gast.

In der Toilette rauschte die Spülung, dann der Wasserhahn. Als Sima ins Wohnzimmer zurückkam, hatte sie eine Zigarette und ein Feuerzeug in der Hand. Sie stellte sich auf den Balkon, um zu rauchen.

»Was seid ihr auf einmal so ernst?«, fragte sie von dort.

Da Geiger ihr keine Antwort gab, stand ich auf und ging zu ihr. »Er muss zu seinem Bruder, der ringt mit dem Tod.«

»Um Gottes willen.«

Geiger nahm einen langen Schluck, rülpste in sich hinein.

»Scheiße«, sagte er und schüttelte eine Zeitlang den Kopf.

»Ich fahr ihn ins Dorf«, sagte ich zu Sima. »Ich ruf dich an, wenn es Neuigkeiten gibt.«

Geiger klopfte mit dem Krug auf den Tisch. »Wer war der Scheißkerl, der ihn über den Haufen gefahren hat, wer ist das? Red schon, Luggi!«

»Steffen, der Wirt von der Pumpe.«

»Der Wirt von der Pumpe? Wieso … Was macht der nachts auf der Straße? Mit'm Radl? Wieso war der nicht in seinem Drecksloch, bei seiner Drecksfrau?«

»Bitte, Gregor«, sagte Sima.

»Erklär mir das mal.« Sein Blick fauchte mich an. »Wo ist der hergekommen in der Nacht? Und wo ist mein Bruder hergekommen? Und wieso ist diese Baugrube nicht gesichert? Und was soll das mit dem Internet? Wer braucht Internet bei uns?«

»Ich weiß nicht, wo der Steffen herkam. Anscheinend war dein Bruder vorher im Seehaus.«

»Was macht der im Seehaus?«

»Wie ich gehört habe, war da eine Besprechung mit Leuten aus der Gemeinde. Wegen der geplanten Trasse in der Nähe der ehemaligen Kegelbahn und vor euerm Bootshaus vorbei.«

»Was für eine Trasse? Da ist doch überhaupt kein Platz für eine Trasse. Was redest du für einen Müll, Luggi? Was verstehst du denn von so was?«

»Ich verstehe nichts von Kommunalpolitik. Ich habe nur gehört, dass diese Sitzung stattfand, und der Paulus war dabei. Und auf dem Heimweg ist es dann passiert.«

»Wo ist der Steffen? Im Gefängnis?«

»Ja.«

»Was?«

»Auf freiem Fuß ist er jedenfalls nicht, so viel steht fest.«

»Sehr gut.« Geiger trank, nickte Sima und mir zu, trank weiter und knallte den Krug auf den Tisch. »Auf geht's!« Er deutete auf mich, dann auf Sima. »Und du wartest hier, bis ich wiederkomm, ist das klar? Ist das ganz klar?«

»Ja«, erwiderte Sima.

»Sag, dass das klar ist.«

»Klar wart ich auf dich, ich will doch mit dir zusammen sein.«

»Dir trau ich nicht.«

»Du bist betrunken, mein Schatz.«

Er winkte sie zu sich her, fuchtelte mit der Hand durch die Luft, bis sie die Zigarette im Aschenbecher auf dem

Balkon ausgedrückt hatte, hereinkam und sich vor ihn hinkniete. Er drückte ihren Kopf in seinen Schoß und grinste mich an.

»Ich warte unten auf dich«, sagte ich und ging zur Tür.

Die Sachen, die ich brauchte, lagen im Kofferraum.

Nach einem Kilometer auf der Autobahn griff ich wie zufällig ins Handschuhfach und holte meinen silbernen Flachmann heraus. Ich klemmte ihn zwischen die Knie, schraubte ihn auf, hielt ihn meinem Beifahrer hin.

»Nimm einen Schluck«, sagte ich. »Das baut dich wieder auf.«

»Darauf kannst du einen lassen.« Geiger setzte an, und bevor er die Wirkung spürte, hatte ein monströser Schluck seinen Gaumen passiert.

Er ließ den Flachmann fallen, hustete, würgte, schlug mit beiden Händen gegen das Armaturenbrett. Wie beim alten Rupp fürchtete ich, er müsste sich übergeben.

Die alten Männer vom Land waren zäh.

Geiger klammerte sich an den Sitz. Seine Augen tränten. Ich ließ das Fenster neben ihm herunter. Im nächsten Moment streckte er den Kopf nach draußen und riss den Mund auf.

Dass ich von der Autobahn runterfuhr und die Landstraße nahm, bekam er nicht mit. Er wischte sich übers Gesicht, starrte mich entgeistert an und versuchte, mir etwas mitzuteilen.

»Nicht bewegen«, sagte ich.

Danach drückte ich auf den Knopf meines Sicherheitsgurts, streifte ihn ab, beugte mich nach unten und hob den Flachmann auf. Der Schraubverschluss war an einem Lederband befestigt. Nachdem ich den Behälter verschlossen hatte, steckte ich ihn in die Türablage.

»Alles klar?« Ich warf einen Blick in den Rückspiegel. Keine Scheinwerfer weit und breit. »Warte, ich helf dir.« Ich drückte auf den Knopf seines Gurts. Geiger schien erleichtert, das Ding loszuwerden.

»Kruzifix«, sagte er.

Er fand also seine Sprache wieder. Das war wichtig, denn ich wollte mich mit ihm unterhalten.

Durch das offene Seitenfenster wehte ein kühler, von Tannennadeln und feuchter Erde durchtränkter Wind herein. Laut der App auf meinem Handy sollte es längst heftig regnen.

Ich hatte Zeit.

Geiger gab gurgelnde Laute von sich.

»Da ist nur Rum drin und ein wenig Absinth.« Ich drehte mich zu ihm um und lehnte mich an die Tür. »Frage, Gregor: Warum hast du Sima so mies behandelt?«

In seinem Gesicht rangen mehrere Gesichtszüge um die Vorherrschaft.

Ich hatte Geduld.

»Was … Hä? … Du … Was?«

So kamen wir nicht weiter. Ansatzlos schlug ich ihm mit der Faust gegen die Schläfe. Sein Kopf knickte nach rechts, zum offenen Fenster hinaus, und kam nicht zurück.

Nach Yoga sah das nicht aus.

»Frage, Gregor: Erinnerst du dich an die Augenfarbe vom Hans Maurer?«

Der alte Mann wimmerte.

Unter seinem Hemd sah ich sein Herz rumpeln.

In diesem Moment dachte ich, dass ein Herzinfarkt auch

in Ordnung wäre. Das Herzstück meines Vorhabens war nicht der Tod.

Sondern die Vernichtung.

Meine Hand in seinem Nacken, dirigierte ich seinen Kopf in meine Richtung und hielt ihn fest.

»Was …« Er gab sich redlich Mühe. »Wieso … Wieso hast du Handschuhe an? Wieso …«

»Das ist nur wegen der Fingerabdrücke«, sagte ich und ließ ihn los.

9

Der Alkohol raubte ihm jede Gegenwehr.

Ein volltrunkener Mann in seinem Alter ergab im Grunde keinen Sinn. Man sollte ihn im Wald aussetzen und den Wildschweinen überlassen.

Aber das Leben war nun mal sinnlos und Gregor Geiger von Anbeginn ein Garant für die Sinnlosigkeit.

Und Hanse hatte das Recht auf Antworten, so verschwommen sie auch sein mochten.

»Siehst du mich?«, fragte ich.

Sein Kopf schien den Rest des Körpers nicht wiederzuerkennen oder nicht mehr zu mögen. Er kippte von einer Seite zur anderen, nach hinten, nach vorn, wie auf der Flucht, ohne zu entrinnen.

»Ist wichtig, dass du mich ansiehst, wenn wir uns unterhalten.«

»Mit dir … unterhalt ich mich … nicht.« Immerhin: Geigers Stimme fand wieder den Weg nach draußen.

»Wie heißt du?«

Aus unerklärlichen Gründen suchten seine Hände die Taschen des schäbigen Anoraks, den er sich beim Abschied in Simas Wohnung übergeworfen hatte.

Schließlich schlug er mit dem Handrücken gegen das Handschuhfach. »Du Drecksau. Was machst du … mit mir, du … Drecksau?«

»Du verwechselst mich.«

»Was?«

Aus seiner Lederhose kam ein fauliger Geruch. Ich öffnete das Fenster auf der Fahrerseite. Der Durchzug war kalt und angenehm.

Nachdem Geiger sich wieder halbwegs eingekriegt und nicht länger auf seinem Sitz herumgekaspert hatte, war ich von der Landstraße in einen Waldweg eingebogen. Jetzt stand mein Wagen in völliger Dunkelheit, nicht zu erkennen von der Straße aus, wo alle heiligen Zeiten ein Auto vorbeiraste.

In der Innentasche meiner Lederjacke steckte die alte Glock 22, die mir ein Freund von Wladi vor zwanzig Jahren verkauft hatte. Mit der Pistole hatte ich seither nur übungshalber geschossen oder sie bei Konflikten, die zu eskalieren drohten, aus der Tasche gezogen. Einen Menschen zu erschießen, hätte ich mir nie vorstellen können. Wie Wladi immer sagte: Rede mit den Leuten, auch das Gesindel hat ein Maul, und wir sind alle Menschen und keine Tiere.

Falsch.

Neben mir im Auto hockte ein Viech und grunzte.

»Hab dich nicht verstanden«, sagte ich.

»Drecksau.«

»Du wiederholst dich.«

Anscheinend kam er nicht auf die Idee, die Tür aufzumachen und wegzulaufen. Theoretisch eine einfache Übung. Ich hätte ihn garantiert nicht von hinten erschossen.

»Noch einen Schluck?« Ich hielt ihm den Flachmann hin.

Er musste würgen und sackte in sich zusammen. Ich steckte den Behälter wieder in die Seitenablage.

»Dein Leben als Schwein endet allmählich«, sagte ich.

Er schaffte es, mich anzusehen. In seinem Blick lag kindliches Entsetzen.

Er hörte mir zu, wie erstarrt und von übermenschlicher Neugier ergriffen. »Meine Lieblingstiere im Dorf«, sagte ich, »weißt du, welche das waren, Gregor? Die Schweine. Und warum? Weil niemand sie ernst nahm und jeder sie bloß als künftiges Schnitzel ansah. Stimmt's? Du musst es wissen, Du hast auch ein Leben als Schwein hinter dir. Eines gebe ich zu: Dumm seid ihr nicht, ihr wisst genau, wozu ihr auf der Welt seid, und ihr leistet keine Gegenwehr. Manchmal versucht einer von euch, auf dem Weg zum Schlachthof vom Lastwagen zu springen. Alles schon passiert. Führt aber zu nichts. Spring raus und schau, was passiert.

Gregor.

Alt bist du geworden, runzelig. Und du stinkst. Brauchst dich nicht zu schämen. Scham passt nicht zu dir. Dein Blick. Rührend. Setz dich doch so hin wie ich, dann verrenkst du dir nicht den Hals. Lehn dich an die Tür, entspann dich, atme tief durch. Gesunde Waldluft, kennst du doch. Kennen wir alle. Erkennst du mich?

So ist es bequem. Anlehnen, entspannen, loslassen. Wie geht's dir, Mann? Alter Bootsverleiher. Haut einfach ab und versetzt die Familie in Angst und Schrecken. Ich übertreibe.

Aber: in gewisser Weise besorgt waren sie schon. Deswegen haben sie die Polizei eingeschaltet. Offiziell giltst du als vermisst. Stell dir vor: Im Dorf schleicht eine Kommissarin rum und sucht nach dir. Eine Zeugin hat uns beide zusammen gesehen. Noch Erinnerung? Hauptbahnhof. Burger-Laden. Die Frau hat dir Cola über die Hose geschüttet, ausgerechnet über die wertvolle Hirschlederne. Sauerei.

So ein Zufall, das alles. Sag doch du auch mal was, Gregor.«

Er machte den Mund auf. Vielleicht sammelte er Luft, wie andere Leute Holz im Wald.

Nach einer Weile hatte er einen Stoß Worte beieinander. »Mir ist … kalt. Mach das … Fenster … zu, bittschön.«

Mit dieser Bemerkung hatte ich nicht gerechnet. Ich ballte die Faust und zog mit der anderen Hand den Handschuh straffer. Doch dann siegte die Gelassenheit.

»Kopf weg«, sagte ich und ließ das Fenster auf seiner Seite nach oben gleiten. Natürlich reagierte er zu langsam. Die Kante der Scheibe erwischte ihn im Nacken, und er stieß einen holprigen, greisenhaften Schrei aus. Er hustete und keuchte. Sein Oberkörper ruckte vor und zurück. Sein Kopf kreiste unaufhörlich.

Weil ich Ruhe und ein wenig Ordnung brauchte, packte ich ihn wieder im Nacken und drückte zu. Augenblicklich gehorchte sein Gehirn. Die Botschaft kam im Körper an, der Aufruhr ebbte ab.

Zum Glück trug ich Handschuhe. Mit bloßen Fingern hätte ich die schweißnasse, glühend heiße Haut nicht berührt.

»Alles wieder gut?« Meine Hand an seinem Kinn, drehte ich seinen Kopf zu mir. Er blinzelte, was ich als ein Ja deutete. Anders als beim alten Rupp wollte ich gegenüber Geiger meine wahre Identität nicht verschweigen.

Ging ja nicht.

Wir waren verwandt.

»Grüß dich«, sagte ich.

Natürlich reichte seine Höflichkeit nicht aus, zurückzugrüßen. Ich war ihm nicht gram. Ein alter Mann am Ende eines sinnlosen Lebens. »Wir haben uns lang nicht gesehen. Das heißt, begegnet sind wir uns schon, unten am See, im Bootshaus, wo es nach Holz und Steckerleis und brackigem Wasser riecht. Weißt du noch? Da habe ich dir zum ersten Mal von Sima erzählt. Genau.

Übrigens wachsen dir graue Haare aus der Nase. Glaubst du, Sima gefällt so was? Ist dir egal, das weiß ich. Sie ist eine Art Sklavin für dich. Und du denkst, sie ist einverstanden, nur weil sie macht, was du sagst.

Denkste.

Denkst du grade?

Ich erkläre dir die Wirklichkeit: Sima ist nicht einverstanden, sie lässt dich gewähren. Warum? Einfach: Weil ich sie darum gebeten habe. Natürlich habe ich sie auch dafür bezahlt. Aber vor allem habe ich sie gebeten.

Bitte, sagt man.

Oder man fleht: Bitte, bitte.

Zuerst müssen wir die Sache mit Sima klären. Ich stelle euch also einander vor. Du verfällst ihr, weil es deiner Natur entspricht. Kurz darauf haust du bei Nacht und Nebel aus Heiligsheim ab und nistest dich bei Sima ein. Große Pläne: Eine Zukunft an der Algarve. Ein Traum. Sima und du. Sie ist gelernte Traumherstellerin, wusstest du das? Als ich sie kennenlernte, stellte sie ihre Träume noch ausschließlich für sich selbst her. Im Süden leben, ein Haus haben, ein Lokal führen, Menschen glücklich machen.

Gottverdammt. So war das.

Später stellte sie Träume für andere her, hauptsächlich für Männer wie dich. Lukratives Gewerbe. Sie ist eine selbstbestimmte Frau geworden. Hörst du mir zu? Ich spreche von Sima, deiner Verlobten. Was ich alles weiß! Du hast ihr einen Heiratsantrag gemacht. Freudestrahlend hat sie mir davon erzählt.

Ich schwindele dich an, entschuldige.

Sie sagte, du würdest sie schlagen und misshandeln und zu Dingen zwingen, für die du nicht bezahlst, weil du dir einbildest, ihr Freund zu sein.

Diese Fülle an Einbildungskraft hätte ich dir nicht zugetraut. Frage: Hast du dich heimlich weitergebildet? Nach der Realschule? Abendschule? Lüg mich nicht an.«

»Wer bist … du?«, fragte er.

»Nicht ablenken. Warum hast du Sima das alles angetan? Einfache Antwort genügt.«

Kein Vogel sang. Sogar der Wind atmete hinter vorgehaltener Hand.

Geiger beugte sich zu mir. »Wer … bist du? Was … machst du mit … mir? Was hab ich … dir getan, du … Sau?«

»Nein, nein«, sagte ich und schob ihn von mir weg. Er kippte gegen das Seitenfenster. »Du bist die Sau, nicht ich. Weißt du doch, Onkel Gregor. Sag mir lieber, was Sima dir angetan hat, dass du sie wie einen Hund prügelst und misshandelst, wie früher die Kinder. Was genau?«

»Onkel … Gregor?« Er lallte stärker als zuvor.

Vielleicht schämte sich seine Stimme, aus einem Saumaul zu sprechen.

Die Stimme schämte sich nicht, sie ertönte weiter.

Mit mächtiger Anstrengung drückte Geiger seinen Rücken gegen die Lehne des Beifahrersitzes, um in eine einigermaßen aufrechte Haltung zu gelangen. Die Beine unter das Armaturenbrett gestemmt, streckte er seinen gedrungenen Körper, zog die Beine zum Sitz, atmete mit aufgerissenem Mund, wandte sich mir zu. »Was für ein … Onkel? Von wem … redest du? Wieso … soll ich dein … Onkel sein?«

»Warum du mein Onkel bist, weiß ich nicht.«

»Dann halt die … Schnauze.«

»Nein, nein«, sagte ich wieder. »Die Schnauze hast du, nicht ich.«

»Bring mich … endlich nach … Hause.«

»Klären wir vorher die Sache mit Sima. Warum hast du sie misshandelt?«

»Was soll … das? Bist du … ihr Vater? Fahr … los oder … es passiert … was.«

Einige Sekunden wartete ich, ob etwas passierte. Geiger starrte mich aus seinen leeren Augen an. Im Rückspiegel sah ich ein Auto auf der Landstraße vorbeifahren.

Mehr passierte nicht.

Keine halbe Minute später krümmte Geiger sich und stieß abstoßende Laute aus. Über sein Gesicht liefen Tränen.

Was war passiert?

Nichts Neues.

Ich hatte ihm mit der Faust gegen die Stirn geschlagen. Und weil er mich dabei anspuckte, ein zweites Mal auf den Hinterkopf.

Weinende alte Männer waren kein genussvoller Anblick.

»Das Gute ist«, sagte ich, »du wirst Sima nie wiedersehen.« Sein Gejammer störte mich nicht. »Und was du mit mir gemacht hast, vergessen wir für den Moment.« Nach einer Kunstpause – garantiert hätte er angefangen zu schreien, wenn ich ihn nicht im Nacken gepackt, zu mir herumgedreht und ihm mit dem Zeigefinger meiner linken Hand gedroht hätte – nahm ich den Faden wieder auf.

»Du und Doktor Hofherr. Vitus hat Magenkrebs, wusstest du das? Er ist noch in der Klinik, und wir beten alle für ihn. Er darf nicht sterben.«

Regentropfen begannen auf die Windschutzscheibe zu fallen. Der Wind war stärker geworden.

»Manchen ereilt das Schicksal«, sagte ich in Erinnerung an einen Lehrspruch meines Vaters. Ich hoffte, sein Bruder würde den Satz wiedererkennen.

Vergebliche Hoffnung.

»Im Wald hinter dem Koglfeld gingen wir spazieren, der beliebte Zahnarzt und ich. Was dann passierte, weißt du ja. Du warst ja dabei. Falsch. Du warst nur ab und zu dabei. So viel Schindluder habt ihr mit Mutter Natur getrieben. Wenn das der liebe Gott wüsste. Ich mach mal das Fenster zu, damit wir nicht nass werden.«

Innerhalb von Minuten prasselte der Regen aus dem schwarzen Himmel. Die Scheiben des Fahrzeugs beschlugen. Im Inneren breitete sich ein Geruch nach Schweiß und Leder und den Ausdünstungen eines modernden Körpers aus.

Immer wieder zupfte ich mich mit dem Lederhandschuh an der Nase.

»Du dachtest schon, du hättest alles nur geträumt, stimmt's? Ein geiler Traum von der freien Liebe am Busen der Natur. Ihr habt ihn gelebt, die anderen im Dorf träumten feige weiter. Ihr wart die Helden, deshalb hattet ihr freies Geleit. Freiheit den Befreiten. Sogar als Achtjähriger fragte ich mich, warum niemand mir beisteht. Warum niemand mir zuhört? Warum ich kein Wort rausbrachte, wenn ich wieder zu Hause war? Warum ich blute? Warum ich lüge und sag, ich habe mich geschnitten. An der Stelle? Womit schneidet sich ein Kind am Hintern? Mit eckigem Klopapier? Könnte sein.

Oder? Sau?

Alles ist vorstellbar. Und was vorstellbar ist, kann man machen. Habt ihr gemacht. Nicht nur du und der Vitus. Herr Rupp auch. Herr Schindlbeck, Gott hab ihn unselig, und diese Männer, die keinen Namen hatten.

Lustig.

In unserem Dorf lebten Menschen ohne Namen. Heiligsheim ein Ort der Wunder. Männer ohne Namen, die doch keine Tiere sind. Zugegeben: das eine oder andere Schwein hieß Susi. Oder Erna. Oder Paula. Und ein Schnitzel hieß zu Lebzeiten Zenzi, das ist wahr. Trotzdem verwirrend: ein Mann, kein Name. Auch das haben wir überstanden.

All die namenlosen Helden gingen durchs Dorf. Jeder wusste, welche Heldentaten sie gerade im Wald hinter dem Koglfeld begangen hatten, sogar der Pfarrer Schubert, Gott hab ihn unselig.

Mal beichten gewesen? Wozu auch? Ohne Sünden ergibt eine Beichte keinen Sinn.«

Ihm liefen immer noch Tränen übers Gesicht, wie der Regen über die Windschutzscheibe. Ich war überzeugt, er weinte dem Maurer Hanse keine Träne nach.

»Geiger«, sagte ich. »Du brauchst dich nicht zu schämen. Die Tränen wollen einfach mal raus. Das ist nicht deine Schuld, dass du dasitzt wie ein von Pfarrer Schubert bestraftes Kind, das die Bibel nicht auswendig gelernt oder im Unterricht Widerworte gegeben hat. Hinter deinen Augen haben sich die Tränen jahrzehntelang angesammelt, wie in einem Stausee, Geiger. Und jetzt ist der Damm gebrochen. So was passiert. Und du wolltest ja vorhin, dass was passiert.

Wohin, frage ich dich, soll ich fahren? Nach Hause, sagst du. Wohin denn sonst? Deswegen habe ich dich doch mit Sima bekannt gemacht und dich heute abgeholt. Um dich nach Hause zu bringen, wohin denn sonst?

Weine nicht, wenn der Regen fällt, dammdamm.

Sing mit.

Das fehlte noch. Singen. Wie damals im Wald. Hat der Maurer Hanse gesungen? So wie ich? Wahrscheinlich schon. Ein Reflex. Im Wald, da wird gesungen, da pfeifen die Vögel, da vögeln die Pfeifen des Dorfes.

Heißa. Gute, alte Zeit. Und du dachtest, du hättest das alles nur geträumt.

Du! Das dachte ich auch. Ehrlich. Wachte oft auf und dachte: War alles ein gruseliger Traum, der ist jetzt vorbei und aus für immer.

Falsch gedacht.

Das ganze Bett voller Blut.

Kein Traum.

Im Namen des Vaters, des Sohnes und des Heiligen Geistes schwöre ich, dass ich Schuld auf mich geladen habe, schwere Schuld. Ich bereue, was ich getan habe. Ich bereue aus allem Herzen und erwarte meine gerechte Strafe. Was schaust du mich an? Du bereust doch nichts, oder? Nein.

Das wäre gegen deine Natur.

Ich bereue. Ich bin doch schuld gewesen, nicht du, nicht der Doktor Hofherr, nicht der Apotheker Rupp, nicht mein Vater. Wir waren schuld, der Maurer Hanse, der Kleinschmidt Hias, der Ballhaus Ferdl. Du kennst sie ja alle.

Wenn du möchtest, darfst du mir die Frage beantworten, warum wir so viel Schuld auf uns geladen und dich und die

Deinen gezwungen haben, uns im Wald zu bestrafen? Warum haben wir das getan? Warum haben wir Gottes Gnade verlassen und uns schuldig gemacht für alle Zeit?

Warum, Onkel Gregor? Ich verstehe nicht, warum. Verstehe nicht, warum? Warum? Warum?«

Gegen das Prasseln des Regens kam seine Stimme nicht an. In seinen Augen wucherte Erinnerung. Ich bedauerte, dass Jesus nicht auf dem Rücksitz saß und mit ansehen konnte, was sein Vater mit der Menschheit angerichtet hatte.

Jesus, das hatte mir der neunjährige Maurer Hanse zugeflüstert, als er mir vom Pfarrhaus hinterherlief, Jesus ist taub und blind, der kriegt nichts mit, deswegen dürfen wir ihm auch nicht bös sein. Und ich blieb stehen und fragte ihn, wie er darauf komme, und er sagte: Ich hab so laut seinen Namen geschrien, und er hat mich nicht erhört. Und, fuhr der Maurer Hanse fort, ich hab ihm gewinkt, bis mir die Arme fast abgefallen sind, und er hat mich nicht gesehen.

»Er war allein.« Ein drittes Mal schlug ich mit der Faust zu und traf sein Ohr. Geiger rutschte vom Sitz und blieb davor liegen. Ich wunderte mich, dass er mit seinen Ausmaßen überhaupt in den Zwischenraum passte. »Ungehört und ungesehen, der Maurer Hanse.«

Dann machte ich eine lange Pause, in der nichts weiter passierte.

Ich sog den Ledergeruch meiner Handschuhe ein. Der Regen schlug gegen die Scheiben. Der Wind fegte Äste über die Kühlerhaube. Der alte Mann wimmerte.

Mit meinen Lederknöcheln klopfte ich auf seinen Hinterkopf.

»Frage, Onkel Gregor: Warst du es, der den Maurer Hanse überfahren hat, damit er keine Aussage machen kann? Der alte Rupp sagt, du warst's. Lügt der alte Rupp? Kann nicht sein. Er ging jeden Sonntag in die Kirche. Er war ein gläubiger Mensch. So gläubig wie du. Wie der alte Hofherr. Lügt so einer? Du sollst nicht falsch gegen deinen Nächsten aussagen. Schon vergessen?«

10

Wir hatten uns darauf verständigt, dass er mir eine Antwort gab, wenn ich ihn etwas fragte. Relativ widerstandslos ließ er sich wieder anschnallen. Obwohl er, nach Luft japsend, um einen Schluck Wasser bat, brachte ich nicht genügend Nächstenliebe auf, um ihm seinen Wunsch zu erfüllen.

Der Regen trommelte ununterbrochen aufs Autodach. Beruhigendes Geräusch. Einige Minuten lang hatte ich die Klimaanlage eingeschaltet. Wir sahen den schwarzen Wald auf uns zukommen und fürchteten uns nicht. Wir teilten das Schweigen der von Gott behüteten Schafe. Der Herr war unser Hirte.

In der Zwischenzeit waren die Scheiben fast vollständig wieder von Geigers Atem verschmutzt.

Seit mindestens einer Stunde war auf der Landstraße kein Fahrzeug mehr aufgetaucht.

Am Ende des Schweigens legte ich die gefalteten Hände aufs Lenkrad.

»Ich bin dein Neffe«, sagte ich. »Erkennst du mich?«

Obwohl er mich ansah, schien er mir nicht zu glauben.

»Nein«, sagte er.

»Früher trug ich eine Brille. Meine Augenfarbe war graublau statt schwarz. Ich war dicker und hatte dunkelblonde Haare und ein rundes Gesicht. Ich sprach Dialekt und konnte gut pfeifen. Singen konnte ich auch. Am Heiligen Abend trug ich Weihnachtslieder vor und bekam viele Geschenke. Ich war ein unauffälliges, gottesfürchtiges Kind. Klingelt's?«

»Coelestin?«

»Überzeugend klingt das nicht. Aber du bist auf dem richtigen Weg. Ist das nicht ein Wunder? Nach so vielen Jahren kehrt der verlorene Sohn nach Hause zurück. Damit hat niemand gerechnet. Ich bin tot, heißt es. In der Pumpe erzählen die Gäste davon. Der Coelestin, ja, der ist im Himmel. Wenn einer schon so heißt!«

Haha, said the clown.

»Wenn es dir nicht allzu viel Mühe bereitet, mach deinen Mund zu. Gut so. Warum erzähle ich dir das? Damit du, wenn du vor den Herrn, deinen Schöpfer, trittst, sagen kannst, wer dich geschickt hat. Der Coelestin war's, sagst du dann, und der Herr tritt beiseite und lässt dich ein.

Ich mach nur Spaß.

Natürlich hält dein Freund Rupp längst einen Platz für dich frei. Ehrensache. Warum hast du das getan?«

Vielleicht kam die Frage zu überraschend für ihn.

Vielleicht weilte er mit seinen Gedanken bei seinem Freund Eddi.

Vielleicht dämmerte ihm seine Vergangenheit. Jedenfalls gab er keine Antwort. Das war gegen unsere Abmachung.

Durch den Faustschlag und die heftige Berührung seines Kopfes mit dem Seitenfenster schrie er unerwartet laut auf und spie einen grauen Klumpen auf den Boden. Ich sah nicht hin. Aus seinem Rachen krochen heisere Geräusche. Schwer zu sagen, ob darin Worte verborgen waren, die unsere Unterhaltung vorangebracht hätten.

Ich wusste es einfach nicht.

Die Dinge waren oft schwer zu begreifen.

In einem Dorf passierten dauernd Dinge, die ich nicht einordnen konnte. Auch war da niemand, den ich hätte fragen können. Irgendwann begann das Misstrauen und hörte nicht mehr auf. Verständlich. Und das Misstrauen war immer noch da, als es keinen Grund mehr dafür gegeben hätte. Weil mir doch niemand mehr Vertrauen und Liebe in den Arsch blies.

Eines Tages war alles vorbei, und niemand erklärte mir, warum.

»Warum?«, fragte ich. Pause. Er sabberte wie sein Freund im heimischen Wald.

Ich nahm mir vor, unter keinen Umständen ein sabbernder, greinender alter Mann zu werden. »Noch mal zur Verdeutlichung, Onkel Gregor: Warum fängt so was an und hört schlagartig wieder auf?«

Mit eiserner Disziplin formte er Worte aus seinem verfaulten Atem. »Ich … weiß … nicht, was du … meinst.«

»Ach so. Ich meine die Sache mit der Liebe und dem Wald. Erst war ich der Hübscheste und Liebste von allen und dann auf einmal nichts mehr wert. Gemein war das. Warum das?«

»Wer … bist … du?«

»Das haben wir doch geklärt. Ich bin dein Neffe Coelestin. Ich bin wiederauferstanden, weil ich gläubig und ein Ministrant war. Ist das so schwer zu begreifen? Dumm bist du doch nicht. Du bist ein Schwein, und Schweine sind klug, sie wälzen sich im Dreck, aber das hat nichts mit ihrem Verstand zu tun. Habe ich recht?

Soll ich dich erlösen?

Wenn ich dich so ansehe, neige ich dazu, in die Tasche zu greifen und meine Glock rauszuholen.

Wie viele Liter passen eigentlich in das Fass rein, in dem deine Tränen jahrzehntelang lagerten? Das hört ja nimmer auf. Brauchst dich nicht zu genieren, das hab ich dir schon gesagt. Lass es rinnen, Onkel Gregor.

Ich erlöse dich von der Antwort auf die Frage warum. Ja? Wir sind blutsverwandt, Blut ist dicker als Wasser und Bier.

Du hast mich nicht mehr in den Wald mitgenommen, weil ich zu alt geworden war. Ist das so schwer zuzugeben? Natürlich habe ich das damals nicht begriffen. Mit sieben oder acht. Das ist unmöglich für so einen Knirps. Da überwiegt die Enttäuschung. Die Unsicherheit. Bin ich nicht mehr schön genug?«

»Das Schönste ist, dass so ein Dorf wie unseres nicht ausstirbt.

Frauen gebären neue Schafe für den Herrn, Jahr um Jahr. Und die Liebe blühet weiter, in jeglichem Haus, an jeglichem Tag.

Der Hanse, wie du weißt, kam immer freiwillig aus dem Haus gerannt, weil er sich so freute, dass er umsonst eine Bootsfahrt machen durfte. Ohne einen einzigen Pfennig zu bezahlen. Ach herrje. Ahoi, kleiner Boy. Anschließend ein Ausflug zu einem Versteck, das niemand kannte, ein Geheimnis für den kleinen Hanse. Sag nicht, du hast seinen Namen vergessen. Das hat er nicht verdient. Woran denkst du?«

»Das war ich … nicht … ich bin … unschuldig.« Seine Stimme war kaum zu verstehen.

»Bitte?«

»Das … war … ich … nicht …«

Ich griff nach der Pistole in meiner Jacke.

Bisher hatten wir im Dunkeln gesessen. Als ich die Waffe zog, knipste ich das Licht im Wagen an und sah, dass Geigers Gesicht und Hände von Blutschlieren übersät waren. Sein Anorak war voller dunkler Flecken. Wenn ich mich nicht täuschte, blutete er aus dem Mund.

Er wippte hektisch mit den Beinen. Sein Brustkorb hob und senkte sich in einem ungesunden Rhythmus. Überhaupt wirkte er wie jemand, der dringend auf ärztliche Hilfe angewiesen war, und zwar in jeglicher Hinsicht, sowohl körperlich als auch seelisch.

Ich dachte an den kleinen Hanse und entsicherte die Pistole. Nicht weil ich vorhatte zu schießen. Ich wollte nur sichergehen, dass im Notfall alles funktionierte. Angesichts der Glock befand Geiger sich in einer Art Panik.

»Ich war zu alt geworden.« Langsam sprechend, damit er mitkam, nahm ich das Gespräch wieder auf. »Und weißt du, was mir Jahre später klar wurde? Ich war gar nicht zu alt geworden, ich war richtig alt. An einem Tag war ich noch acht, am nächsten alt. Ohne Übergang. Von nun an ging ich als altes Kind zur Schule und in den Gottesdienst. Niemand nahm Anstoß an mir. Ich sang Weihnachtslieder am Heiligen Abend, erinnerst du dich, Onkel Gregor? Familientreffen. Tradition. Leberkäs mit Spiegelei. Weißbier und Eierlikör. Tausend Kekse.

Those were the days.

Willst du was sagen?«

Was aus seinem Mund kam, hörte sich an wie das letzte Röhren eines angeschossenen Hirsches. Natürlich ein Hörfehler. Schweine röhren nicht. »Das … das … war ich … nicht«, stammelte er.

»Weiter. Weiter.«

Die Blutflecken auf seinem Gesicht zerflossen mit den

Tränen wie Wasserfarben. Ich hätte stundenlang hinschauen können.

»Wir … ich … Das war doch … nicht … Mir ist schlecht … Wer bist du … Da ist doch … nichts … passiert … Deine Mutter … Bist du wirklich … Wieso …«

Mir leuchtete ein, dass er Schmerzen hatte und mein Anblick ihn trotz seines desolaten Zustands mit einer schlimmen Erkenntnis konfrontierte. Im Stillen fragte er sich sicher, ob er womöglich vor seinem todkranken Bruder das Zeitliche segnete.

»Das weiß ich nicht«, sagte ich.

Er wischte sich mit der flachen Hand übers Gesicht und zerstörte das Gemälde. Oder er schuf ein neues. Mein Urteil war noch nicht abgeschlossen.

»Ich weiß nicht, warum, Onkel Gregor. Ich dachte, ich hätte alles überstanden. Doch dann kam mein fünfzigster Geburtstag. Erstaunlich eigentlich, wenn man bedenkt, dass Heiligsheim plus Drogen und Alkohol nicht dazu geführt hatte, mich abzuschaffen. Hätte mich aufknöpfen können wie der Tobi.

Remember Tobi, my friend?

Wartete zehn Jahre und ging dann in den vertrauten Wald. Tobi. Was glaubst du? War das eine Hommage an seine glückliche Kindheit im Wald?

Was mich betrifft, so bin ich jetzt unweigerlich hier bei dir. Wir zwei wieder. Nach all den Jahren. Ich dachte wirklich, mein Gehirn hätte den Rest meines Körpers im Griff.

Falsch gedacht.

Mach dir keine Vorwürfe, Onkel Gregor. Du hast alles richtig gemacht. Das Dorf steht noch. Niemand hat dich verpfiffen, dich oder den alten Rupp oder die anderen. Und schau dir den Kleinschmidt an, und den Zollhaus. Sitzen in der Pumpe, trinken Bier, gehen alle vier Jahre zur Wahl in Heiligsheim. Oder alle sechs Jahre? Alle vier Jahre oder alle sechs Jahre? Onkel Gregor?«

»Bitte, ich … Du … Mir … geht's … Ich muss … aufs Klo … Bitte …«

Zur Beruhigung wollte ich ihm das Gesicht tätscheln – Hommage an den unerreichten Gesichtstätschler Dr. Hofherr. Dann waren mir meine Lederhandschuhe zu kostbar dafür.

Minuten verstrichen.

Ich wandte mich von Geiger ab, wischte mit dem Ellenbogen über das beschlagene Seitenfenster und sah hinaus in die Nacht.

Regen und absolute Finsternis. Vertrauter, unvergänglicher Anblick. Als wäre die Kindheit eine Kulisse vor Publikum, und das Spiel hörte nie auf.

Hier war ich, jünger als damals, übermütig und erfüllt von vererbter Gewalt. Und ich wusste, Gott, der Allmächtige, begleitete mich mit trommelndem Beifall auf all meinen Wegen. Ich brauchte nur hinzuhören.

»Noch mal die Frage.« Erneut wandte ich mich an meinen Beifahrer. »Was weißt du über das Ende von Hans Maurer?«

»Das … Ende … Nein …«

Er hatte nein gesagt. Ich horchte dem Wort hinterher. Klang nach einem Widerwort. Das war sein gutes Recht. Nein. Das Amen alter Männer.

»Nein«, wiederholte ich. »Dabei wollen wir es belassen. Wir wissen nicht, was passiert ist. Die Umstände seines Todes bleiben im Dunkeln. Wie auch die Umstände des Todes von Ferdl Ballhaus. Er ertrank im Griesbach, wie du weißt.«

»Ja … Ja …«

»Nein. Das Wort lautet Nein.«

»Nein …«

»Genau, Onkel Gregor. Nein. Ein Schwimmer vor dem Herrn ertrinkt im Griesbach. Wie soll das gehen? In seiner Predigt beschwor Pfarrer Schubert das Unfassbare, das von Gott Bestimmte und dergleichen.«

»Nein …«

»Brav. Du hast dir das Wort gemerkt. Brauchst es aber nicht ständig zu wiederholen. Er wurde auf dem Friedhof von St. Michael zu Grabe getragen, wo auch sonst? Alle waren da, du auch, ich habe dich gesehen. Das war nicht schwer, du standst ja neben mir. Mutter, Vater, Onkel, Bub. Jetzt schaust du mich an, als würdest du mich wiedererkennen. Und das bei dieser Funzel.«

Er glotzte mich unentwegt an. Ich ließ ihm Zeit.

»Du … Nein … Ich glaub … dir … nicht, du bist … nicht … Ich … sterb …«

Bewundernswert, wie er in seiner Rolle verharrte. Andererseits gelang das allen, die ich kannte, damals, später, heute. Ich hatte mich oft gefragt, ob das Leben sie so vorzüglich dafür entlohnte, dass sie in immer derselben Garderobe vor den immer gleichen Kulissen ihr Spiel aufführten, sorglos und ungeschminkt. Das war es, was ich am meisten bewunderte: ihre ungenierte Gesichtsvorstellung. Während wir uns wochenlang schämten und den Kopf gesenkt hielten – ganz gleich, wie stark die Sonne schien –, stolzierten sie aufrecht durch die Straßen der tausend Augen, unerkannt und wohlgelitten.

»Ach was«, sagte ich. »Du stirbst nicht, Onkel Gregor. Niemand stirbt, nicht mal dein Bruder. Hab dich angeschwindelt. Ihm fehlt nichts. Die Saison beginnt, und er hat die Boote gestrichen und neu lackiert. Die ersten Touristen sind schon da. Mach dir keine Sorgen. Deine Schwägerin verkauft neuerdings frische Buletten im Kiosk, mit Senf und Semmel dazu. Wie findest du das?«

»Er ist … nicht … krank?«

»Ob er krank ist, weiß ich nicht, so engen Kontakt haben wir nicht. Man sieht den Menschen oft nicht an, woran sie leiden. Das von der Todkrankheit habe ich dir erzählt, damit wir uns mal hier im Wald in Ruhe unterhalten können. Anders hättest du mich nicht begleitet, stimmt's? So viele Jahre, denkst du, und dann kommt mein Neffe daher, dürr, ohne Brille, fast ohne Haare, total verändert, und tischt mir unglaubliche Lügen auf. Schlimm. Aber das müsstest du doch inzwischen begriffen haben: Die Geschichte mit deinem Bruder ist die einzige Lüge. Alles andere ist wahr. Nicht wahr?«

»Nein …«

Unweigerlich musste ich lächeln. Seine Vorstellung war fast tapfer. Ich empfand eine gewisse Bewunderung für ihn. Falsch.

Ich war angewidert, sogar enttäuscht und gleichermaßen verblüfft über meine Geduld.

»Hab dich schon wieder angeschwindelt«, sagte ich und warf einen Blick auf meine Armbanduhr. Sieben nach Mitternacht.

»Niemand stirbt nicht. Wir sterben alle, auch du, obwohl du bis vor ein paar Stunden noch geglaubt hast, in Portugal wartet ein frisches Leben auf dich. Irrtümer sind erlaubt. Möchtest du mir was sagen, Onkel Gregor?«

Nach mehrmaligen Versuchen und mir unverständlichem Gestikulieren brachte er gewisse Sätze zusammen.

»Du hast kein … Recht, so … mit mir zu reden.« Schnaufen und Würgen. »Ich bin … Was weißt … du schon, was da … früher mal … war … Das ist … vorbei, alles … vorbei … Ich mag das … nicht.« Schnaufen, Würgen, Röhren. »Nichts ist … passiert. Du bist … ein … Verrückter. Bring mich … zurück nach …«

Kein Laut mehr.

Durch einen neuerlichen Faustschlag verlor er vorübergehend das Bewusstsein. Überzeugt, dass er nicht vor der Zeit sterben würde, klopfte ich ihm auf die Schulter und öffnete die Fahrertür, streckte den Kopf nach draußen.

Regen schlug mir ins Gesicht. Er brachte Hanses Stimme mit. Ich ließ die Tür offen, damit die dünne Stimme nicht am Blech zerschellte.

»Morgen geh ich wieder hin«, sagte Hanse. »Ich bin da oft. In dem Versteck liegt immer was Süßes, bei dir auch?«

»Ja«, sagte ich und log.

»Dann kennst du dich aus. Und dann mach ich das, du weißt schon, was, und dann krieg ich Gletschereisbonbons. Die mag ich am liebsten, du auch?«

»Ja«, sagte ich und log.

»Bootfahren ist schön. Manchmal seh ich Fische, dann wink ich denen, und sie schauen mich aus großen Augen an. Beim letzten Mal ist einer aus dem Wasser gesprungen, ich hätt ihn fast gefangen. Das war lustig. Hast du schon mal einen Fisch mit den Händen gefangen?«

»Nein«, sagte ich und log.

»Du bist der Einzige, dem ich das erzähl«, sagte Hanse und blinzelte, weil der Regen über sein Gesicht fegte. Wir standen unter dem Vordach der Hütte mit dem Schweinestall und dem Hühnerbrett. Gegenüber war das Fahrradgeschäft, zu dem eine Werkstatt gehörte, in die ich mein Rad zur Reparatur gebracht hatte. Irgendetwas stimmte mit der Kette nicht mehr, außerdem waren die Speichen am Hinterrad verbogen.

»Du darfst das niemand weitererzählen, sonst krieg ich Schläge.«

»Wer schlägt dich?«

»Das darf ich nicht sagen.«

»Sag's mir ins Ohr.«

»Trau mich nicht.«

»Ich sag's niemandem weiter, das schwör ich dir, Hanse.«

Er flüsterte mir zwei Namen zu. »Schwörst du's?«

»Ja«, sagte ich.

»Dir glaub ich. Mir glaubt niemand. Sie denken, ich verrat sie, aber das mach ich nicht. Wieso sollt ich so was tun? Ich bin kein Verräter. Hältst du mich für einen Verräter, Coelestin?«

»Du bist kein Verräter.«

»Bin ich nicht. Wir sind Freunde, ja?«

»Ja.«

»Du bist mein einziger Freund, der viel älter ist als ich.«

»So viel älter bin ich nicht.«

»Aber älter schon.«

»Ja.«

»Beschützt du mich, wenn's sein muss?«

»Klar«, hatte ich gesagt und gelogen.

Vom Beifahrersitz drang ein Brummen herüber. Aus dem Mund des in sich zusammengesunkenen Körpers floss grauer Brei, vermischt mit Blut.

»Fahren wir nach Hause«, sagte ich.

Geigers Kopf fiel nach unten. Vielleicht ein verunglücktes Zeichen von Zustimmung. Ich löste seinen Sicherheitsgurt, damit er entspannter sitzen konnte.

Dann schloss ich die Fahrertür, wendete den Wagen und fuhr zurück auf die Landstraße.

Vorschriftsmäßig schaute ich nach rechts und links, bevor ich Gas gab und auf hundert Stundenkilometer beschleunigte. Die Scheinwerfer ließ ich ausgeschaltet.

Nach etwa einem Kilometer zog ich das Auto auf die Gegenfahrbahn. Ich streckte den Arm nach rechts, zog am Hebel der Beifahrertür, stieß die Tür auf und schubste Geiger auf die Straße.

Naturgesetzen folgend, überschlug sich der Körper mehrmals. Ich bremste, drehte um, raste zurück.

Ich zählte nicht mit, schätzte jedoch, dass das Auto wegen des mitten im Weg liegenden Bündels mindestens acht Mal ziemlich rumpelte.

Anschließend parkte ich den Wagen und schleifte meinen Ex-Verwandten in den angrenzenden Wald. Zur Sicherheit fühlte ich ausgiebig seinen Puls.

Er hatte einen Flachmann gebaut.

Ich rollte den Toten in eine Mulde, bedeckte ihn mit einem Haufen Äste und verließ den unwirtlichen Ort.

Den Regen hatte ich nicht bestellt. Meiner Einschätzung nach war er der wesentliche Bestandteil eines logischen Zufalls.

Kaum war ich mit Aufblendlicht weitergefahren, überholte mich ein Fahrzeug mit viel zu hoher Geschwindigkeit. Ich fuhr mit offenen Fenstern. Anders war der Gestank nicht zu ertragen. Zwischendurch machte ich mir Gedanken über die Blutflecken auf dem Beifahrersitz. Reiner Zeitvertreib. Ich würde sie rauswaschen. Kein Problem.

Vor mir lagen fünfundvierzig Minuten Fahrzeit. Ich brauchte etwas Ablenkung. Das Radio hätte die Stille gestört. Der Regen und das Fahrgeräusch waren Klang genug.

Trotz der frischen Luft und der Feuchtigkeit bekam ich einen trockenen Hals. Die Vorstellung von einem frisch gezapften Bier nahm mich derart in Beschlag, dass ich an nichts anderes mehr denken konnte.

An einer beleuchteten Tankstelle hätte ich beinah angehalten, nur, um mir einen Sixpack zu kaufen und zwei Dosen noch im Stehen zu trinken.

Ich beherrschte mich und dachte an die Pumpe, wo Regina vielleicht noch auf mich wartete. Sicher war ich mir nicht. Spielte keine Rolle. Ich könnte zu Hause mit meinem Gast noch den einen oder anderen Löschzwerg leeren.

Morgen oder übermorgen wollte ich Sima anrufen und ihr mitteilen, Gregor habe entschieden, im Dorf zu bleiben und sich, sollte sein Bruder sterben, um das Geschäft zu kümmern. Sie würde keinen weiteren Gedanken an ihn verschwenden. Mit Schweinen hatte sie in ihrem Leben schon genug zu tun gehabt. Wenn sie wieder weg waren, riss Sima die Fenster auf, und die Zukunft begann.

Die Nässe durch den hereinwehenden Regen gefiel mir. Ich leckte mir die Lippen und verspürte ein Gefühl von Reinigung.

Erst als ich das Ortsschild von Heiligsheim passierte, schloss ich die Fenster. Ich verlangsamte die Geschwindigkeit, streifte die Handschuhe ab und beugte mich zur Windschutzscheibe vor.

In der Pumpe brannte noch Licht.

Einen Moment überlegte ich, in der Bahnhofstraße zu

parken. Dann verwarf ich die Idee. Von meinem Haus bräuchte ich zu Fuß höchstens eine Viertelstunde, und ich freute mich auf den nächtlichen Spaziergang.

Nachdem ich den Wagen in der Garage abgestellt, die Lederhandschuhe und den Flachmann in eine Plastiktüte gepackt und mich umgezogen hatte, horchte ich an der Tür zur Kammer. Mein Gast schien selig zu schlafen. Zur Sicherheit öffnete ich die Tür einen Spaltbreit.

Kindlich schnarchend lag er ausgestreckt im Bett.

Da es weiter wie aus Kübeln schüttete, nahm ich meinen schwarzen Regenschirm. Auf der Straße begegnete mir kein Mensch.

Die Tür zum Lokal war verriegelt. Also ging ich um das Haus herum und klopfte an den Notausgang.

Regina öffnete. »So spät noch? Komm rein. Wir wollten grad gehen.« Sie küsste mich auf den Mund, nahm mir den Schirm ab und stellte ihn neben die Tür.

In der Gaststube saß eine Frau am Tresen und trank Weißwein.

»Wir haben uns dermaßen verquatscht«, sagte Regina. »Dafür sind wir jetzt per du. Ihr kennt euch ja.«

Ich ging zur Theke. Die Frau drehte sich zu mir um.

»Hallo«, sagte ich und streckte Anna Darko die Hand hin.

11

Ich setzte mich neben die Kommissarin an den Tresen. Wahrscheinlich sollte ihr Lächeln gewinnend wirken. Aber sie hatte schon verloren, als ich ihren Blick sah, mit dem sie mir vorgaukeln wollte, sie würde sich über mein Auftauchen freuen.

»Zum Wohl.« Ich hob mein Glas in ihre Richtung und trank und ignorierte Reginas von Neugier verzerrten Gesichtsausdruck. Sie stand uns beiden gegenüber, in der einen Hand ein Weißweinglas, die andere in die Hüfte gestemmt. Da ich keine Antworten auf ihre ungestellten Fragen gab, wandte sie sich an ihre neue Duzfreundin.

»So ist er, mein Lieblingsstammgast. Schneit zu den unmöglichsten Zeiten rein und redet nichts. Das ist bei ihm ganz normal.«

»Stimmt«, stimmte ich ein.

Darauf, dass Regina das Schweigen keine zehn Sekunden ertrug, hätte ich hundert Euro gewettet. »Jetzt sag, wo warst du so lang?«

»Stau auf der Autobahn.«

»Um die Zeit?«

Jetzt war ich es, der verlogen lächelte. »Natürlich nicht. Ich kam nicht eher aus Nürnberg weg.«

»Du warst in Nürnberg! Ich dacht, du hättst was in München zu tun.«

»Erst da, später dort.« Wieder prostete ich den beiden Frauen zu. Mein Glas war leer. »Ich traf mich mit einem

Produzenten. Er möchte mit mir arbeiten. Ich soll die Musik für einen Werbefilm schreiben.«

»Für welches Produkt?«, fragte die Kommissarin.

»Ein Shampoo.«

Unwillkürlich kratzten beide mit ihren Blicken über meinen fast kahl rasierten Schädel.

»Ein Bier nehme ich noch«, sagte ich.

Mit ihrem typischen Kopfschütteln, das mir sagen sollte, wie unmöglich sie mein Verhalten fand, stellte Regina ein frisches Glas unter den Zapfhahn. Um eine Art Gegenpol zu setzen, nickte ich eine Weile wortlos der Staatsdienerin zu.

»Wir mussten auch erst lachen, Roger und ich. Das ist der Produzent in Nürnberg.« Und als schlüge die Stunde der Offenbarung, holte ich aus. »Mein erster Termin in München war um vierzehn Uhr, Treffen mit einem Kollegen, der früher Schlagertexte schrieb und heut einer der meistgebuchten Texter für Moderationen und Spielshows ist. Wir kennen uns seit fast zehn Jahren. Ein unglaublich lustiger und geselliger Kerl. Ich freu mich immer, ihn zu sehen. Er liebt das Leben. Im Moment arbeitet er in den Bavaria-Filmstudios an einem neuen Projekt, einer Live-Show, in der prominente und nicht prominente Menschen bestimmte Aufgaben lösen müssen und sich gegenseitig moralisch auf die Probe stellen. Etwas in der Art. Henrik hat mir so viele Sachen erzählt, dass ich die Hälfte schon wieder vergessen habe. Die Proben dauern einen Monat. Dann wird eine Test-Show aufgezeichnet und so weiter. Er wollte unbedingt ins Hofbräuhaus, ist angeblich sein Lieblingsgasthaus. Also haben wir uns dort getroffen. Natürlich konnte ich nicht viel trinken, ich musste ja noch fast zweihundert Kilometer fahren. Eine Maß und keinen Schluck mehr.«

Ich betrachtete das volle Bierglas vor mir auf der Theke. »Trotzdem saßen wir bis kurz vor sechs zusammen. Ich trank hauptsächlich Wasser, was in so einer Umgebung keine leichte Übung ist.« Die Worte kullerten nur so aus meinem Mund.

Obwohl ich Reginas von Zweifeln gezeichnete Mimik bemerkte – sie kannte mich nicht als Labersack –, stachelte mich die Tatsache an, dass meine Geschichte die Kommissarin zum bedingungslosen Zuhören zwang.

Außerdem entfachte ihre Anwesenheit einen uralten Hassbrand in mir.

»Auch wenn meine Besprechung mit dem Produzenten nicht in Nürnberg, sondern in München stattgefunden hätte, hätte ich da ja schlecht volltrunken erscheinen können.« Zur Belohnung für mein verantwortungsvolles Handeln trank ich einen Schluck. »Wegen des starken Verkehrs kam ich erst nach zwanzig Uhr in Nürnberg an. Wir redeten, Roger und ich, aßen zu Abend. Er erklärte mir sein Konzept. Ich kritzelte ein paar Noten aufs Papier. Das mach ich bei solchen Gesprächen oft. Bringt mich in Schwung. Als ich auf die Uhr schaute, war's elf. Irre, wie die Zeit vergeht, wenn man kreativ bei der Sache ist.«

Unvermittelt sah ich Regina an. »Aber ihr hattet offensichtlich auch eine vergnügliche Zeit.«

»Kann man so sagen. Oder, Anna?«

Oder-Anna setzte ihr Weinglas ab – eine kontrollierte Bewegung. »Durchaus«, sagte sie. »Wir haben viel über Sie gesprochen, Herr Dragomir.«

»Wollt ihr euch nicht auch duzen?« Regina hob ihr Glas.

»Warum nicht?«, sagte ich beschwingt und hoffte, die Kommissarin würde ablehnen.

»Klar«, sagte Anna Darko.

Nachdem wir angestoßen und getrunken hatten, verspürte ich das Bedürfnis, mich zu erleichtern. Ich unterdrückte es.

Regina schenkte Wein nach. »Ich hab ihr erzählt, dass du dich oft tagelang in deinem Haus vergräbst, niemand weiß, was du da treibst. Und du hast auch noch nie jemanden zu dir eingeladen. Du bist schon ein recht sperriger Zeitgenosse, mein Lieber.« Ihre Stimme zitterte vor Alkohol. Das mochte ich nicht.

»Ist das so?«, fragte Anna Darko.

»So ist das«, erwiderte ich. Wir hatten uns beide einander zugewandt und hielten uns auf den Barhockern aufrecht – Paradebeispiele petrifizierter Höflichkeit.

Mir platzte fast die Blase.

Auf dem rundlichen, blassen Gesicht der Kommissarin zeigten sich keine Spuren von Müdigkeit oder Langeweile. Ihr verlockender Mund wirkte auf mich wie eine Karnevalsmaske, hinter der sich das verschlagene Grinsen einer durch und durch berechnenden Polizistin verbarg.

»Wenn ihr wollt«, sagte ich, die Hände gefaltet im Schoß, »lade ich euch bei Gelegenheit zu mir ein. Ich koche euch eine süditalienische Pasta.«

»Du kannst kochen?« Reginas Stimme klang schrill und beleidigend.

»Meine Mutter war eine Meisterin in der Küche.«

»Ihre Mutter … deine Mutter«, sagte Anna. »Sie lebt nicht mehr?«

»Sie starb in den Bergen. Gemeinsam mit meinem Vater. Sie verunglückten bei einer Wandertour, als ein Unwetter sie überraschte. Oberhalb von Meran.«

»Das tut mir sehr leid.«

»Danke.«

In der folgenden Stille aus schmieriger Anteilnahme rutschte ich vom Barhocker und ging zur Toilette. Ich sperrte die Tür hinter mir ab. Das Plätschern lenkte mich ab, entspannte mich, brachte Übersicht in meinen Kopf.

Inzwischen war es kurz vor zwei. Ich hatte meine Geschichte erzählt. Die Kommissarin, auf deren leutselige Verlogenheit Regina in bewährter Manier hereingefallen war, hatte zugehört und traute mir nicht.

Was war ihr Ziel?, fragte ich mich. Sie war auf der Suche nach Gregor Geiger und tauchte ausgerechnet – und nicht zum ersten Mal – beim Begräbnis des alten Apothekers in Heiligsheim auf.

Über die Zeugin vom Hauptbahnhof zerbrach ich mir nicht weiter den Kopf. Meine Erklärung war eindeutig.

Als ich mir auf dem Klo die Hände wusch und meine halbe Gestalt im Spiegel betrachtete, musste ich an Reginas Beschreibung denken.

Ein recht sperriger Zeitgenosse.

Kein Mensch auf Erden hatte eine Ahnung, wer ich in Wirklichkeit war. Manchmal kam ich mir selbst wie eine Erscheinung vor. Bevor ich richtig hinsah, war ich schon wieder verschwunden.

Sperriger Zeitgenosse.

Lächerlich.

Ich stand niemandem im Weg. Die Leute gingen durch mich hindurch, reglos, abwesend, an ihre Schatten gekettet.

Niemand beachtete mich. Servus, Ludwig. Ich hauste im toten Winkel. Ich war nicht sperrig. Sondern entsperrt.

Schau dich an, sagte ich auf der Toilette der Pumpe zu

mir, du trägst eine schwarze Hose und ein schwarzes Hemd, und beides ist dir zu groß. Du hast blaue Augen und kaum noch Haare auf dem Kopf. Du wiegst keine siebzig Kilo. Die Leute denken, du bist ein Grischberl.

Ich bin kein Grischberl. Ich bin der Schatten vom Ferdl, vom Hanse, vom Tobi. Ich bin mein eigener Schatten.

Was ich sah, gefiel mir.

Ich musste aufhören, mit mir selber zu reden.

In letzter Zeit passierte mir das öfter. Wahrscheinlich ein Zeichen von Alter und Verfall. Ich beugte mich vor und berührte mit der Nasenspitze das Glas. So verschwamm ich vor meinen Augen.

Durch das geschlossene Fenster hörte ich den Regen.

Eine Zeitlang stand ich so da, gekrümmt, und ließ meine Gedanken versickern. Dann bemerkte ich, dass meine Hände zitterten.

Ich erschrak, steckte die Hände in die Hosentaschen, machte einen Schritt zurück und ertrug meinen Anblick im Spiegel nicht länger.

Das Bild des vollständig demolierten Kopfes im Wald tauchte vor meinen Augen auf. Der Regen prasselt auf Geigers Leiche, der mein Onkel war und mich geschunden hat.

Ach was.

Ich fuhr herum, weil ich mir eingebildet hatte, ein Geräusch zu hören. Da war keins außer dem Regen, der gegen das kleine Fenster trommelte. Vielleicht wollte er rein und sich wärmen.

Wie wir alle.

Wie wir alle in der Nacht in jener Zeit. Komm, Regen, leg dich auf den Boden und schlaf ein. Schlaf ein und träume von seidigen Wolken.

Minuten mussten vergangen sein, in denen ich dastand

– vornübergebeugt, mit schlenkernden Armen – und unaufhörlich Regen aus meinen Augen fiel.

Dafür hasste ich mich hinterher unsagbar.

Vor der Tür des Lokals küssten die beiden Frauen sich auf die Wangen. Ich gab Regina die Hand. Während sie im Regen mit dem Rad nach Hause fuhr, begleitete ich die Kommissarin durchs Dorf, sie unter ihrem blauen Schirm, ich unter meinem schwarzen. Mein Heimweg führte am Hotel Postillion vorbei.

Außer uns war niemand unterwegs. Die Straßenlampen warfen ihr butteriges Licht auf uns.

Kaum war Regina außer Sichtweite, begann das Verhör.

»Frau Lange und du«, sagte Anna Darko. »Ihr seid enge Freunde.«

Ich hatte keinen Grund, etwas zu leugnen. Ich leugnete nie etwas. Ich war auf dem Weg der Wahrheit. »Wir haben ein Verhältnis, das schon begann, als ihr Mann noch da war.«

»Wo ist er?«

Vermutlich hatte Regina ihr eine Geschichte aufgetischt, die ich unmöglich erahnen konnte. »Regina behauptet, sie weiß es nicht.«

»Was vermuten Sie? Was vermutest du?«

»Wir können gern wieder Sie sagen.«

»Einverstanden.«

»Ich vermute, dass er mit einem seiner Freunde aus dem Milieu auf Tour ist.«

»Was meinen Sie mit Milieu?«

»Zuhälterei, Zockerei, spezielle Bars. Was verstehen Sie unter Milieu?«

»Wir kennen da mehrere Varianten.«

Mir war klar, dass sie mit wir die Polizei meinte. Aber ich nahm mir vor, mich von der Ausdrucksweise inspirieren zu lassen. Zwanzig Schritte vergingen ohne Worte.

»Kennen Sie ihn gut?«, fragte sie.

»Flüchtig.«

»Von der Affäre seiner Frau hat er nichts mitgekriegt?«

»Das weiß ich nicht.«

»Es ist Ihnen egal.«

»Ist uns egal.«

»Wen meinen Sie mit uns?«

»Mich. Sie, seine Frau.«

»Haben Sie noch mal über Ihre Begegnung mit Gregor Geiger am Bahnhof nachgedacht? Hat er vielleicht doch eine Bemerkung fallenlassen, wen er noch hat treffen wollen?«

»Mir ist nichts Neues eingefallen. Wenn Sie mich fragen, was ich vermute, dann wiederhole ich, was ich Ihnen schon gesagt habe. Ich glaube, er ist mit einer Geliebten ins Ausland.«

»Nach Portugal.«

»Möglich.«

»Bisher haben wir keine Hinweise gefunden.«

»Sind nur Vermutungen.«

»Sein Bruder und seine Schwägerin bestreiten, dass Gregor eine Beziehung hat.«

»Glauben Sie den beiden?«

Nicht gerade überraschend, verweigerte Anna Darko die Antwort.

Vor dem Bronzedenkmal des Edlen Ritters Hartmann, der, auf seinem Pferd thronend, seine Lanze gen Osten erhob, blieb sie stehen. »Die beiden, Paulus und Johanna Geiger, haben mir berichtet, Sie hätten sich gelegentlich mit

Gregor unterhalten, unten am See. Gregor habe nie damit herausrücken wollen, worum es ging. Was haben Sie besprochen, Sie und er?«

»Erinnerungen«, sagte ich.

In die mittelalterliche Siedlung Helisham drangen die Barbaren angeblich aus östlicher Richtung ein, um das Land zu erobern und die Männer zu töten und Frauen und Kinder zu schänden. Der Edle Ritter Hartmann und seine Mannen stellten sich den Eindringlingen mit aller Macht entgegen. Doch sie wurden aus den eigenen Reihen verraten und grausam gemeuchelt. Helisham verschwand von der Landkarte, bis eine Handvoll Mönche sich rund um das Koglfeld niederließ und alte Skizzen und Aufzeichnungen entdeckte. So wurde der Ort am Fuß des Felsenkellers zu einem Heim der Heiligen, über das der Herr seine schützende Hand hielt, jahrtausendelang, bis heute. Und der Edle Ritter Hartmann war sein Zeuge.

»Entschuldigung?«, sagte ich.

»Woran denken Sie?«

»An die Vergangenheit.«

»Ich möcht Sie noch mal fragen, was Sie vorhin mit Erinnerungen gemeint haben.«

In einer Art Hommage an ihr Konzept, einen Mann für blöd zu verkaufen, indem man ihn fragte, was er unter Milieu verstehe, sagte ich: »Da gibt's mehrere Möglichkeiten. Erinnerungen sind Dinge, die vergangen sind, die wir aber nicht vergessen haben, die wir austauschen, die wir teilen.«

Nach einem Moment des Zögerns ging sie weiter, jetzt allein auf dem Bürgersteig, ich neben ihr auf der Straße. Der Regen, schien mir, hatte allmählich genug vom Fallen. Bis zum Hotel waren es noch knapp hundert Meter.

»Verstehe«, sagte die Kommissarin. »Sie haben also über Ihre Kindheit geredet, darüber, was Sie mit Ihren Eltern im Dorf erlebt haben. Solche Sachen.«

»Genau.«

»Warum hat Geiger ein Geheimnis daraus gemacht?«

»Weiß ich nicht. Wie ich gehört habe, reden die beiden Brüder von Haus aus wenig miteinander.«

»Ich hab was vergessen.« Sie sah mich an. »An dem Tag im Januar, als Sie zufällig dem Herrn Geiger im Hauptbahnhof begegnet sind, warum sind Sie da in der Stadt gewesen?«

»Ich wollte einen Freund treffen, einen Musiker, der einen Gig hatte, den ich mir anschauen wollte.«

Einen Mann für blöd verkaufen zu wollen, um ihn zu einem Widerspruch zu verleiten, warf ich keinem Polizisten vor. Einen Mann auf eine so dämliche Art für blöd zu verkaufen, grenzte allerdings an Beleidigung.

Vielleicht war ich in diesem Moment auch nur missgelaunt.

Es war ein langer Tag gewesen. Ich hatte eine Menge Dinge zu erledigen gehabt. In mir gärte der Zorn der alten Zeit.

»Richtig«, sagte sie. »Danke. Offiziell mach ich ein paar Tage Urlaub hier im Dorf, möchte aber trotzdem Informationen sammeln. Wir verfolgen die Vermisstensache Geiger weiter, auch wenn wir keine Hinweise auf ein Verbrechen oder einen Unglücksfall haben. So läuft das eben bei uns. Man muss Geduld aufbringen.«

»Wie in der Kunst.« Ich fühlte mich aufgerufen, in ihren Smalltalk einzustimmen. »Ich höre eine Melodie, kann sie aber nicht aufschreiben. Als wär's bloß ein Echo. Dann heißt's: Geduld und nochmals Geduld. Klappt nicht immer, aber doch oft.«

Vor dem Haupteingang blieben wir wieder stehen. Anna Darko streckte mir die Hand hin. »Gute Nacht«, sagte sie. »Ich hoffe, Sie kommen sich nicht ausgefragt vor.«

»Im Gegenteil.« Ich schüttelte ihre kleine, kalte Hand. »Ich mag das, wenn jemand Fragen stellt. Das tun die wenigsten. Ich stelle auch oft Fragen, und die Antworten sind meist unbefriedigend.«

»Was meinen Sie damit?«

»Lebenserfahrung.«

Das Wort zauberte eine Art Grübelblick in ihre Augen, löste aber offensichtlich keinen weiterführenden Gedanken aus. »Alles klar. Dann schlafen Sie gut, wir sehen uns bestimmt wieder.«

»Hoffentlich.«

Ich wechselte die Straßenseite und ging auf der Alten Straße in Richtung Koglfeld – vorbei an der Polizeistation, wo früher das Feuerwehrhaus war und wir auf dem angrenzenden Speicher herumtollten, am restaurierten Haus mit der lustigen Lüftlmalerei, an der Gärtnerei Huschek, an all den unbeleuchteten, geduckten Häusern, in denen Menschen wohnten, die alles sahen und hörten, keine Fragen stellten und auf den Gräbern Veilchen pflanzten, damit die Toten bunte Träume hatten.

Nichts Außergewöhnliches.

Leute spielten Billard mit anderen Leuten. Einer musste die Kugel sein, einer das Queue, einer der Tisch, und einer war das Filz und einer die abgestandene Luft.

Manchmal jedoch kapierte auch die dümmste Billardkugel, dass sie eine Billardkugel war. Und sie änderte eigenwillig und prall vor Mut die Richtung und zerstörte das komplette Spiel, die angstgetränkten Erwartungen und

Hoffnungen der Spieler, das System der Abhängigkeiten und gegenseitigen Bedrohung. Und niemand fand eine Erklärung, jeder bezichtigte jeden des Verrats.

Als ich mein Haus erreichte, hatte es aufgehört zu regnen. Die Luft roch nach nasser Erde, Gras und Holz. Die Stille empfing mich wie eine Umarmung.

An die Hauswand gelehnt, schloss ich die Augen. Ein Lawastrom aus Zorn trieb durch meinen Körper.

Ich sollte, dachte ich, mir die Pulsadern aufschneiden und das Blut ins Freie lassen, mein Inferno, von dem die Kommissarin nicht die geringste Vorstellung hatte.

Niemand hatte eine Vorstellung davon.

Recht so.

Wind kam auf und meinte es gut.

Zu dir rufe ich, Herr, mein Fels, wende dich nicht schweigend ab von mir.

Ich schlug die Augen auf und war allein. Herr, worauf soll ich hoffen?

Da stand ich, am Rand der Nacht, zum Morden geboren, zum Sterben bereit und starb nicht und mordete noch lang nicht genug.

Wer bin ich, Herr?, rief ich und erschrak über meine Stimme, die eines Mannes würdig war. Sie tauften mich Coelestin, den Himmlischen, und schickten mich auf eine Reise durch die Unterwelt.

Hier bin ich, Herr, rief ich, vergib mir nicht, so wie wir dir nicht vergeben, in Ewigkeit, Amen.

Ich zog den Haustürschlüssel aus der Tasche, steckte ihn ins Schloss und wollte die Tür öffnen. Etwas blockierte. Mit der Schulter stemmte ich mich dagegen, drückte, so fest ich konnte, und zwängte mich durch den Spalt in den Flur.

Auf dem Boden lag ein lebloser Körper, eingeklemmt zwischen Kommode und Wand. An seinen Hand- und Fußgelenken hingen Schnüre. Der Brustkorb hob und senkte sich unmerklich. Aus dem Mund rann Speichel. Das Gesicht voller unschöner Flecken.

Steffen Lange hatte versucht zu fliehen.

Als ich den Körper von der Tür weggezogen und diese verriegelt hatte, klappten seine Augen auf. Ich kniete mich neben ihn, schlug das Kreuz auf meiner Brust, packte Steffens Kopf und küsste ihn auf den Mund.

Ich wachte neben ihm den Rest der Nacht, bis wir den Hahn vom Bauern Fiedler krähen hörten.

12

Toast mit Butter und Erdbeermarmelade, aufgeschnittene Tomaten und Gurken, schwarzer Tee mit Honig, Mineralwasser mit Sprudel. Ein Frühstück zum Reinbeißen.

Wir saßen uns gegenüber. Der Duft nach Duschgel, Shampoo und Rasierwasser lag in der frischen Luft, die ich zuvor durchs weit geöffnete Fenster hereingelassen hatte. Wenn wir Glück hatten, brach heute noch die Sonne durch die Wolken. Der Regen hatte die Wälder und Wiesen poliert.

Vom Wohnzimmerfenster aus zeigte ich meinem Gast das Panorama. Ich sah ihm an, wie viel Mühe er darauf verwandte zu staunen. Da er noch etwas unsicher auf den Beinen war, hakte ich mich bei ihm unter und führte ihn in die Küche.

Er trug einen blauen Trainingsanzug, den ich extra aus der Wäsche geholt hatte, und an den Füßen dicke schwarze Wollsocken. Beim Hinsetzen stieß er einen Schrei aus, aber er beruhigte sich wieder und brachte seine Schmerzen unter Kontrolle.

Überlebenswichtig.

Man musste essen und trinken, durchatmen, an was anderes denken. Damals wie heute.

Wenn ich mir Steffen so anschaute, meisterte er die Situation durchaus ordentlich. Besser, als wir es je geschafft hatten. Auch mampfte er nicht, schlang sein Essen nicht hinunter, sondern kaute mit geschlossenem Mund. Er trank einen Schluck nach dem anderen, legte Benehmen an den Tag.

Das Wochenende begann mit friedlichem Beisammensein.

Bevor ich ihn von seinen Fesseln, die ich ihm natürlich in der Nacht nach seinem Fluchtversuch noch hatte anlegen müssen, befreit und ins Bad gelassen hatte, hatte ich mich eine halbe Stunde lang in der Badewanne in kaltem Wasser geräkelt. Mit einer Bürste schrubbte ich meine Haut rot. Ich tauchte unter, bis mir die Luft ausging. Ich wusch den Dreck der Nacht ab. Ich drehte mich auf den Bauch, streckte mich aus, stellte mir Regina vor, wie sie gefesselt auf dem Hotelbett lag, empfand nichts dabei.

Als ich zufällig an meinen Ohren zupfte, stellte ich fest, dass an den Läppchen Haare wuchsen. Das amüsierte mich. Ich patschte mit den Händen ins Wasser, wie damals daheim, nach meiner Rückkehr aus dem Wald, wohin Herr Hofherr mich geführt hatte.

Meine Mutter meinte, ich solle ein Bad nehmen, und das tat ich. Und als ich im schaumigen Wasser saß, das heiß war und eigentlich schön, fingen meine Arme an zu flattern, und meine Hände trommelten wie von selber aufs Wasser. Alles spritzte. Und Schaumflocken flatterten durch die Luft.

Erschrocken kam meine Mutter herein und wusste nicht, was mit mir geschah. Ich hockte aufrecht in der Wanne. Mein Körper spielte verrückt, ich wollte nicht spielen. Immer wieder, immer weiter hauten meine Hände auf den Schaum ein und klatschten ins grüne Wasser. Ich hatte einen seifigen Geschmack im Mund. Mein Mund stand offen, ohne dass ein Laut rauskam.

Und weil ich meine Brille nicht aufhatte und meine Augen vom Schaum verschmiert und voller Wasser waren, konnte ich fast nichts sehen und erschrak bei der Berührung bis ins Mark.

Jemand fasste mein Gesicht an. Ich stieß einen Schrei aus. Dann war da Stoff. Dann Hände auf meinem Rücken. Jemand zog mich an sich. Jemand drückte mich an seinen warmen, weichen Körper.

In der Umarmung meiner Mutter hörte die Welt für vierzehn Augenblicke auf zu sterben.

Danach rieb sie mich mit einem weißen Handtuch trocken. Ich roch ihr Parfüm oder was immer es war, und dachte noch lange darüber nach, später im Bett in der Dunkelheit. Bis der Wald mich wieder verschlang, das Schweigen, die Schmerzen und der Tod, der so gemein war, dass er mich wieder ausspie.

Mein Handtuch war schwarz. Ich umspannte meinen schlotternden Körper damit und schleifte meine Haut, hörte nicht mehr auf, bis ich glaubte, Flammen schlügen aus mir und ich könnte mein Tagwerk nicht vollbringen.

Anschließend deckte ich den Tisch.

An seinem Kinn hingen Brösel. Mit seinem geschwollenen, verunstalteten Gesicht sah er nicht gut aus. Kein Vorwurf.

Er hatte etwas Schwierigkeiten, die Teetasse ruhig zu halten. In regelmäßigen Abständen krümmte er den Rücken und kniff die Augen zusammen. Meiner Berechnung nach musste er etwa vier oder fünf Jahre älter sein als ich, was man ihm nicht anmerkte. Jemand, der uns heute zum ersten Mal begegnet wäre, hätte ihn vermutlich auf mindestens zehn Jahre älter geschätzt.

Haha, said the clown.

»Noch einen Toast?«, fragte ich.

Er schüttelte den Kopf und duckte sich. Vielleicht befürchtete er einen Schlag. Vielleicht hallten auch nur die Lügen in ihm wider.

Lügner, das hatte ich schon unter Pfarrer Schubert begriffen, trugen einen Glockenturm im Kopf mit sich herum. Darin schlugen unaufhörlich die Glocken – als Warnung und Mahnung, als zeitlose Erinnerung an all die geglückten und missglückten Versuche von Betrug und Vernichtung, an die abgefeimten Spiele am helllichten Tag.

Vielleicht hatte Steffen sich aber auch nur einen Tick angewöhnt.

»Alles in Ordnung?«, fragte ich.

Erleichtert, nichts verschüttet zu haben, stellte er die Tasse ab.

Umständlich kramte er nach seiner Stimme. »Darf … darf ich dir eine Frage stellen? Bitte?«

»Natürlich.«

Eine Minute verging. Wir hatten keine Eile. »Wer … wer bist du?«

Das war eine ehrliche Frage. Und nicht minder wahrheitsgemäß erwiderte ich: »Dein Todfeind.«

»Aber … warum?«

Aber warum?

Wie ich diese Frage liebte, und ich sagte: »Aber warum? Weiß ich doch nicht, erklär es mir. Mein Name ist Coelestin Geiger. Remember? Wir waren fast Schulfreunde. Lange her. Macht nichts, wenn du dich erst mal besinnen musst. Besinne dich. Lass dir Zeit. Schau mich an. Erkennst du mich? Nein? Doch? Nein? Doch?

Würde es dir helfen, wenn ich mich seitlich hinsetze?

Besser? Versuchen wir es mit der anderen Seite, die linke Seite ist meine ansehnlichere. Jetzt? Auch nicht? Dann noch einmal von vorn.

Wer bin ich? Dein Schweigen ist unangebracht, Steffen Lange. Wie alt warst du damals? Neunzehn? Achtzehn? Siebzehn? Lassen wir das Zählen.

Aber warum?, fragst du mich. Zu Recht.

Warumwarumwarumwarum? Wrummwrumm. Kein Grund zu lachen. Niemand lacht. Wir lachen nicht mehr, ist dir das schon aufgefallen? Etwas kam über uns und nahm das Lachen mit. Ich weiß, was es war. Soll ich's dir verraten? Willst du wissen, was über uns kam und das Lachen mitnahm?

Quizfrage.

Die vierzehn Sekunden sind um.

Es war das Schweigen, das über uns kam und das Lachen mit sich nahm. Oder bist du anderer Meinung? Ich würde gern hören, was du darüber denkst.

Was denkst du, wenn du den Namen Rupp hörst? Was Süßes? Bonbons im Kopf? Fehlender Zahn im Maul. Warum, hast du dich garantiert dein halbes Leben lang gefragt, ging dieser Mann niemals in Behandlung zum Doktor Hofherr? Was hielt ihn ab? Die Angst vorm Stuhl? Denkbar wär's.

Was denkst du? Zeig mal deine Zähne. Trau dich. Ich bin nicht Doktor Hofherr. Mach dein Maul auf.

Entschuldige, dass ich dich angeschrien habe. Ist mir so rausgerutscht. Deine Zähne sehen passabel aus. Du kannst den Mund wieder zumachen. Hast du dir überhaupt die Zähne geputzt?«

Er nickte und duckte sich.

»Zurück zur Frage des Lebens. War es das Lachen oder war es etwas anderes? Waren es Männer wie du und ich oder waren es Außerirdische? Oder was?

Warum sagst du nichts?

Ich bin's. Coelestin. Nur weil ich kaum mehr Haare auf dem Kopf und Fleisch auf den Knochen und keine Brille mehr auf der Nase habe, musst du mich nicht wie einen Fremden behandeln.

Du warst doch dabei. Nicht jedes Mal leibhaftig, das gebe ich zu. Aber du wusstest Bescheid. Und ich glaube, der kleine Boxer war dein spezieller Liebling. Habe ich recht? Ja? Sag, dass ich recht habe.

Boxer war's, da bin ich sicher. Sein Spitzname stammt von dir. Natürlich. Du hast allen Kindern, die jünger waren als du, Spitznamen verpasst. Das war deine Art, und wir haben uns vor dir gefürchtet. Du nahmst deine Schleuder und hast mit kleinen Metallhaken auf uns geschossen. Tat weh, wenn man getroffen wurde.

Selige Kindheit im Dorf.

Du in der Schmiede, die eine echte gediegene Schmiede war, wo der alte Klausner Hubert die Hufeisen schmiedete und die Pferde beschlug. Gegenüber war eine Werkstatt für Fahrräder und Mopeds. Da gingst du ein und aus und bogst dir die harten Haken zurecht. Richtig? Richtig. Du, dem Klausner sein Spezi.

Mich nanntest du Luggi. Warum? Warum? Warum Luggi? Luggiluggi. Weil meine Augen so groß und blau waren und du dachtest, ich würde mir alles immer genau anschauen, wo es nichts zu schauen gäbe. Luggi.

Ich danke dir, Steffen, du hast mich inspiriert. Ohne dich hätte ich mir womöglich monatelang den Kopf über einen Namen zerbrochen. Aber weil ich ein funktionierendes Gedächtnis besitze, erinnerte ich mich an den Spitznamen aus der Kinderzeit und nannte mich Ludwig.

Dragomir kommt von Dragomir.

Das kannst du nicht wissen. So hieß eine Freundin, die ich in der sechsten Klasse des Gymnasiums kennenlernte. Sie schenkte mir Comichefte und Brezen in der Pause. Manchmal strich sie mir beim Vorbeigehen übers Gesicht, und ich zuckte zusammen. Eine Hand im Gesicht! Verstehst du, was ich meine? Natürlich verstehst du.

Eine Hand im Gesicht hieß: Schlag ins Gesicht.

Oder nicht?

Bitte?

Was?

Hand im Gesicht gleich Schlag ins Gesicht. Nicht beim Mädchen Dragomir. Ihr Vorname war Elke. So heißt heute niemand mehr. Damals viele. Elke Dragomir schenkte mir etwas, und ich wusste nicht, ob ich es annehmen darf. Ja? Nicht einmal das hab ich gewusst. Nichts. Nur, was zu tun ist, wenn der Doktor Hofherr kommt. Oder der alte Rupp. Oder der Onkel Gregor.

Noch parat? Gregor? Mein Onkel, der Bootsverleiher?

Du warst mit dem kleinen Boxer auch draußen? Auf hoher See, wo alle Menschen gleich sind? Du warst dort.

Und ich frage dich: Warum?

Nicht mehr schweigen jetzt. Ich bewirte dich, und du schweigst. Ist das höflich? Muss ich dich erst belehren, was sich gehört?«

Er schüttelte den Kopf und duckte sich.

»Ludwig Dragomir«, sagte ich. »Der Rest kam von selbst. Lag am Leben. Hatte haarige Zeiten zu durchqueren. Haben wir alle. Auch du.

Übrigens, glaub bloß nicht, dass ich dich nicht sehe, nur weil ich keine Brille trage. Enormer technischer Fortschritt inzwischen weltweit. Ich sehe dich, wie du mich siehst. Ist das nicht schön? Ein Wiedersehen nach so langer Zeit? In meinem Haus. In deinem Dorf.

Hanse Maurer, du kanntest ihn wie ich. Er schlief in diesem Haus und aß und trank, wie du. Wachte morgens auf, der Regen war vorbei, und er freute sich auf die Kühe vom Bauern Fiedler. Oder die Kühe vom Bauern Berghof.

Weißt du noch, Steffen, welche Kühe der Hanse am liebsten mochte? Ich komm nicht mehr drauf. Was denkst du? Die Kühe vom Fiedler oder die vom Berghof? Das wäre jetzt gut, wenn wir das wüssten. Der Hanse. Schlimme Sache.

Aber warum?

Warum wird ein Achtjähriger auf der kerzengeraden Landstraße überfahren? Läuft da rum, wird von einem Auto erfasst, mehrmals überrollt und bleibt tot liegen. Und der Autofahrer? Fährt weg mit seinem Auto. Aufruhr. Unverständnis allerorten.

Lach doch mal.«

»Ich erzähle dir lustige Märchen, und du starrst mich an wie ein Monster. Läuft da rum. Steffen! Du und ich wissen, dass er nicht zufällig da rumgelaufen ist. Was sollte er dort? Große Frage. Stellte sich die Polizei auch.

Was sucht ein achtjähriger Schüler nachmittags gegen fünfzehn Uhr auf der Landstraße? Mutterseelenallein. Was denn? Mensch, Steffen. Was?

Nichts sucht er.

Endlich sind wir uns einig. Noch eine Tasse Tee? Ich nehme noch eine, mein Hals ist trocken. Noch Wasser? Du musst trinken, das ist wichtig für den Stoffwechsel. In deinem Alter. Bist du schon sechzig? Nein. Ich auch nicht.

Der Tee ist noch heiß, überleg's dir.«

»Die Frage, warum der Hanse sich auf der Landstraße rumtrieb, haben wir also beantwortet. Er trieb sich nicht rum. Für die Polizei blieb diese auf der Hand liegende Antwort bis heute verborgen. Auch die Kommissarin hat nicht die kleinste Ahnung. Anna Darko. Nie gesehen? Sie macht zurzeit Urlaub bei uns. Sucht nach dem verschwundenen Gregor Geiger. Weißt du, wo der steckt?

Zurück zum Hanse.

Jemand hat ihn zur Landstraße gebracht und zu ihm gesagt: Lauf nach Hause. Für die Wortwahl würde ich mich nicht vereiden lassen. Der Sinn kommt aber hin. Hast du das gehört? Ein Reim. Muss ich dich lehren, wie man zuhört?«

Er schüttelte den Kopf und duckte sich.

Nach einer Kunstpause, in der ich einen Schluck trank und verstummte – im Gedenken an Hanse Maurer, in dessen Elternhaus ich wohnte –, stand ich auf. Sofort ruckte Steffen mit dem Stuhl.

»Bleib sitzen«, sagte ich. »Jemand setzte ihn aus, machte mit dem Auto kehrt und überfuhr ihn. Das sind die Tatsachen, und die Polizei kriegte nichts raus. Doch. Sie rekonstruierte, dass der Unbekannte den am Boden liegenden Jungen mit dem Wagen mehrfach überrollte. Die genaue Zahl habe ich vergessen. Weißt du sie noch? Drei Mal? Vier Mal? Warum?, fragten sich die Polizisten und schlenderten durchs Dorf und fragten Leute aus, die nichts wussten. Nichts Außergewöhnliches in einem Dorf wie diesem.

Weißt du was?

Ja.

Du weißt alles, aber du darfst nichts sagen. Niemand hier weiß, dass du was weißt.

Was weißt du alles?

Alles.

Alles, echt?

Steffen weiß alles.«

Auf meinem Weg durch die schmale Küche segnete ich meinen Gast mit Blicken – wie einst Pfarrer Schubert in der Klasse, wenn er aus der Bibel vorlas und durch die Reihen ging und auf uns herniederschaute. Mucksmäuschenstill saßen wir da, und unsere Herzen schlugen höher.

Ich musste lachen.

Reichlich eingeschüchtert und in gebückter Haltung schaute Steffen zu mir auf. Um ihn zu beruhigen, winkte ich ab, drehte mich im Kreis, machte neue Schritte.

»Der Junge«, sagte ich, »nahm das traurige Rätsel mit ins Grab. Zitat aus der Heimatzeitung. Hab ich mir gemerkt. Du auch, Steffen? Noch mal zur Lebensfrage: Warum hast du geschwiegen? Angst vor der Verdammnis?

Alles gut, alter Freund.

Alles, was ich von dir wissen will, ist: Wer hat Hanse Maurer zur Landstraße gebracht und überfahren? Was uns Zeit sparen würde, wäre, wenn du mir bei der Gelegenheit gleich mitteilen würdest, wer Ferdl Ballhaus im Griesbach ersäuft hat. Erinnerst dich?

Er wohnte hinterm Feuerwehrhaus und war fasziniert von toten Tieren. Hobbys gibt's! War natürlich kein Hobby, das wissen wir beide. Der Ferdl wollte bloß seine Angst besiegen, wie wir alle. Wir wollten Helden sein.

Feige waren wir, nackt und wehrlos.

Jetzt nimmer, Steffen.

Sprich zu mir, und wir sind quitt.
Ehrlich.
Glaubst du, ich lüg dich an, nach allem, was wir beide gemeinsam erlebt haben?
Jetzt du.«

13

Mit der Aura eines vollständig überforderten Schülers saß er da und schaute ins Leere.

Da war keine Leere, sondern die Welt, die er kannte, und er tat, als würde er sie nicht wiedererkennen.

»Ich bin's«, sagte ich zum zweiten Mal. »Der Himmlische.«

Sein Blick knickte vor seinem Gesicht ab. Dabei stand ich direkt vor ihm. Weit zu schauen hatte er nicht. Hatten sie alle nicht gehabt. Alles vor der Haustür.

»Wer war's?«

Aus seinem Mund kroch ein Röcheln. Ich wusste, wenn ich zuschlug, würde er vom Stuhl kippen, liegen bleiben, sich winden und meine Wut ins Unermessliche treiben.

Ach, dachte ich plötzlich: Nach so vielen Jahren, Kriegen, Niederlagen, Auferstehung und gewöhnlichem Tun war meine Wut zurückgekehrt. Meine treue Begleiterin aus Kindertagen. Unversehrt von allen Gebeten und Gedanken. Erhaben über mein erwachsenes Empfinden. Fernab der Logik eines Lebens, das doch funktionierte und mich sogar mit neuem Namen und Verständnis für die allgemeine Not versorgt hatte. Da war sie wieder. Und ich durfte brennen.

Vermutlich hätte ich weniger fest zuschlagen sollen.

Er blutete, ähnlich wie mein Onkel nachts im Auto, aus dem Mund, durchgewalkt von den letzten Kräften seines Körpers. Schnaubend versuchte er, die Orientierung wiederzufinden, und stieß mit Kopf und Schulter gegen den Türrahmen, die Wand, den Schrank.

Vor Erschöpfung rollte er sich schließlich zur Seite und wimmerte gotterbärmlich.

Gott aber – daran dachte er in diesem Moment nicht – würde sich seiner nicht erbarmen.

Gott ließ ihn leiden und zerstörte, wie es in den Psalmen hieß, seine Anmut wie Motten das Licht.

»Ein Hauch nur«, sagte ich, »ist jeder Mensch. Und du bist mein Gast, ein Fremdling wie alle vor dir.«

So lauteten die Worte der Bibel.

Unter dem Kreuz einst kniete ich und flehte hinauf zum heiligen Michael. Allein in der Kirche, die nackten Knie auf dem Marmorboden, hob ich die Arme und schrie und bat um Vergebung. Vergebens.

Michael, der Satan verstoßen hatte, hörte mich nicht.

Warum nicht?

»Warum nicht, Steffen?«, schrie ich. Und wieder: »Wer war's? Wer war's? Wer war's?«

Ich hustete und spuckte auf den Boden. Als ich wieder Luft kriegte, schrie ich ihn noch lauter an.

»Warum tust du mir das an?

Warum hast du mich gezwungen, den Rupp zu ersäufen?

Warum hast du mich nicht dran gehindert, den Geiger, mein eigen Fleisch und Blut, auf solche Weise zu töten?

Warum führst du mich diesen Weg? Ich wollte ihn nicht gehen, aber meine Bestimmung ließ mir keine Wahl.

Stimmt's?

Du hättest sie retten können. Niemand außer dir. Du warst noch ein Kind damals, ein Jugendlicher, und hast dich ergötzt an ihren Verbrechen.

Warum?

Ich will dich doch nicht auch töten.

Ich will nicht.

Ich muss.

Ich will nicht.

Warum hast du uns verlassen?

Warum hast du uns nicht schreien hören? Den kleinen Tobi, der in der Kirche zu Gott sang, mit einer Stimme heller als ein Engel? Den kleinen Ferdl, der seiner Mutter die Tabletten aus der Apotheke holte und sich in die Hose pinkelte, wenn er eine tote Ratte sah? Warum hast du sie verlassen?

Wer hat dir den Auftrag erteilt?

Warum hast du sie verlassen? Den kleinen Hanse, der so klein war, dass sein Schatten sich strecken musste, damit er auf der Straße nicht übersehen wurde. Hanse, den ein Auto überrollte an einem Tag so unbeschwert wie Gottes Antlitz? Den kleinen Gernot, der Friseur lernte und dann entlassen wurde, weil er sich andauernd mit der Schere in den Arm schnitt. Den kleinen Boxer, der in einen Panzer reinwuchs, damit er nichts mehr spürt. Wen noch alles?

Wen denn noch, du?

Wen denn noch in diesem Luftkurort?«

Meine Stimme hatte sich überschlagen, mir war schwindlig. Taumelnd wie ein betrunkener Idiot schleppte ich mich von der Küche ins Wohnzimmer und riss die Balkontür auf.

Ohne einen Fuß nach draußen zu setzen, sog ich die

kühle, perfekt gewaschene Waldluft tief in meine Lungen, bis ich glaubte, ohnmächtig zu werden.

Gerade, als ich die Tür schließen wollte, bemerkte ich unten auf dem Kiesweg, der von der Alten Straße abzweigte und am Haus vorbei zum Koglfeld führte, eine Gestalt. Sie trug einen schwarzen Mantel und einen Hut und sah zu mir hinauf.

Johanna Geiger.

Ich hatte den Eindruck, sie starrte mich genauso an wie beim Leichenschmaus im Postillion.

Sie war meine Mutter.

Natürlich hegte sie eine Menge Zweifel, ob ich wirklich ihr Sohn war, aber eine Ahnung würde ich ihr nicht absprechen. Möglich war allerdings auch, dass sie in der Zwischenzeit verrückt geworden war. Ihr Sohn war vor vierzig Jahren als Vierzehnjähriger spurlos verschwunden. So ein Einschnitt im Leben konnte die Seele einer Mutter durchaus ramponieren.

Was die Seele von Johanna Geiger im Speziellen betraf, müsste man einen Experten befragen.

Meiner Meinung nach stimmte damit seit jeher etwas nicht. Sie hatte mich ihrem Schwager und dessen Kreisen überlassen, in denen auch ihr Mann verkehrte.

Obwohl ich Gottvater und seinen Sohn unzählige Male gebeten hatte, mir Auskunft über die Motive dieser Frau zu erteilen, ließen beide mich im dunklen Regen stehen. Auch der Wind, den ich mit ausgebreiteten Armen und glühenden Augen auf dem Friedhof befragte, gab mir nie eine Antwort.

Spielte keine Rolle.

Alles geschah um meiner Bestimmung willen.

Ich winkte meiner ehemaligen Mutter zu, schloss die Balkontür und ging eine Weile im Zimmer auf und ab. Aus der Küche drang ein monotones Wimmern herüber.

Nach und nach kehrte wieder Ruhe in mich ein.

Nach einem kurzen Blick in die Küche – mein Gast lag an die Wand gekauert reglos da – holte ich meine Gitarre hinter dem Sofa hervor. Ich warf mir den Gurt über die Schulter und schlug die Akkorde eines Liedes.

»I wanted her to stay«, sang ich zum Foto auf dem niedrigen Bücherschrank. »But God did not. He threw her away like a piece of rot.«

E-Dur, G-Dur, C-Dur, D-Dur.

»I wanted me to die. But God just laughed. He sent me a pie with the voice of my beloved.«

Mein Zeigefinger schnalzte auf die Saiten. Ich ließ das Foto nicht aus den Augen: Bibiana auf einer grünen Wiese, im Sonnenlicht natürlich.

»There's a song I once heard from a man who was young. He gave me theses words in the night to be sung. I'm the naked man burning ...«

Mitten im Refrain brach ich ab. Ich warf die Gitarre aufs Sofa, eilte ins Schlafzimmer, nahm die Glock aus der Schublade, schraubte den Schalldämpfer auf den Lauf und roch am Metall. Dann legte ich die Pistole auf meine flache Hand und hielt sie an meine Wange.

Eine Berührung aus Kälte und Vertrautheit.

Plötzlich horchte ich auf.

Eine Art Stimme erfüllte den Flur. Ich ging hinüber in die Küche.

Steffen hatte sich aufgerichtet und stieß zerbeulte Buchstaben aus.

Wie ein Fragezeichen lehnte er an der Kühlschranktür,

bleich, übel riechend und mit aufgerissenen Augen, aus denen Blutstropfen flossen. Er sagte etwas, das nicht zu verstehen war.

»Was?«, fragte ich.

Wir hörten die Glocken von St. Michael schlagen, vier Mal zur vollen Stunde. Die Zeit hatte keine Bedeutung mehr.

»Was?«, wiederholte ich.

Aus alter Verbundenheit beugte ich mich zu ihm hinunter. Die Glock steckte in meiner Hosentasche.

»Ich … ich … ich …«

»Ich?«

»Ich … weiß es … nicht, Coel… Coel…«

»Coelestin?«

»Ja … Ich weiß nicht, wer … wer … gefahren … ist …«

»Ach«, sagte ich.

Unter schwierigsten Umständen brachte er seinen Arm in die Höhe. Vermutlich wollte er die Hand nach mir ausstrecken. Seine Finger flatterten ungelenk auf mich zu. Ich richtete mich auf und schloss die Augen. Sein Arm verharrte, sackte zu Boden. Er öffnete den Mund.

»Warum sagst du nichts?«, fragte ich.

In seinem Blick spiegelte sich eine Art Flehen. Ich war mir nicht sicher. Im Wald oder draußen auf dem See hatte ich nie in den Spiegel gesehen, wenn es so weit war.

Wie ein Flehen aussah, wusste ich nicht.

Zu Hause traute ich mich nicht, in den Spiegel zu schauen. Den schuldigsten aller Menschensöhne zu betrachten, war unmöglich. Das schaffte keiner von uns.

Wieder nahm ich ihn in Augenschein. Wieder blieb er mir ein Rätsel. Warum hatte er mich nicht an alldem gehindert?

Ein Fingerzeig hätte genügt, und wir alle wären gerettet gewesen.

Hier stand ich, zur Vergebung bereit, und er verweigerte mir die Gefolgschaft.

Wer war ich, anzunehmen, dass Gleichgesinnte mir folgten?

Ich war Ludwig Dragomir, Ex-Barbesitzer, Ex-Junkie, Ex-Alkoholiker, Ex-Kind aus Heiligsheim, ein Überlebender. Nichts weiter. Und doch.

Und doch.

»Du«, rief ich. »Was soll ich tun? Sag mir, was ich tun soll.«

Und er hob noch einmal den Kopf, steuerte seine Finger aufeinander zu und faltete die Hände. »Vater ...«, begann er. Wie beseelt von einem Wunder beugte er den Körper und rutschte auf die Knie. Er sah zu mir hoch und formte noch mehr Worte. »Vater ... unser. Der du bist im ... im Himmel, geheiligt ... geheiligt werde dein Name, dein ...«

»Nein«, schrie ich und zog die Pistole aus der Hosentasche. Und als wäre er ein blutendes Echo, schrie er ebenfalls. In der Schlucht seines Brustkorbs hallte ein grässlicher Laut wider, der mir in den Ohren schmerzte.

»Was tust du?«, schrie ich. »Warum sprichst du nicht mit mir?«

Mein Gast verstummte.

Die Stille des Hauses hüllte ihn ein, wie mich auch.

Ich kniete mich vor ihn und hätte mich beinah erbarmt. So nah am Sterben von Anbeginn und doch nie wahrhaftig geboren.

Er wie ich: unfähig, eine der beiden einzigen Möglichkeiten zu ergreifen, unser gottgegebenes Leiden zu beenden. Weder wagten wir uns hin zum schnellen Tod noch zur wahren, lebenslangen Liebe. Wir huschten abseits durch die Finsternis, ewig im Kreis, bis heut, im Haus der begrabenen Kinder.

Ich war gekommen, um die Wahrheit zu erfahren, und wusste sie längst.

»Du«, sagte ich.

Sein Blick auf mir. Dann schloss er die Augen.

Ich drückte den Lauf der Waffe an seine Stirn.

»Der ersehnte Frühling ist endlich eingezogen«, las ich. »Man spürt kaum ein kühles Lüftchen. Die strahlende Sonne scheint wieder und die lieben Vöglein stimmen ihre frohen Lieder an. Auf der Wiese beginnen Schlüsselblume, Gänseblümchen und Veilchen zu blühen. Der Herr Lehrer wird mit uns einen Spaziergang machen. Daheim brauchen wir nicht mehr so viel Holz und Kohlen.«

Ich machte eine Kunstpause und sah von dem blauen Schulheft auf.

Mein einziger Zuhörer schenkte mir seine volle Aufmerksamkeit. Auf dem Küchenboden sitzend, spielten wir Kindheit. Unter dem Dach meiner angewinkelten Beine lag friedlich die Glock.

»Manche Leute tragen schon Strohhüte und suchen den kühlen Schatten.« Obwohl die Muskeln seines Gesichts nicht mehr die Kraft dazu hatten, wusste ich, dass Steffen sanft lächelte. »Der Schnee ist auf der jungen Saat und den Beeten verschwunden. Im Moos blühen ein paar Beerensträucher.« Ich senkte das Heft.

»Du! Muss das nicht heißen: Der Schnee ist von der jungen Saat verschwunden? Erinnerst du dich an Grammatik?«

Scheinbar nicht.

Ich drängte ihn nicht weiter.

»Der Hüterfranzl tritt aus seinem Häuschen«, las ich. »Er geht zum Goldbrunnen. Mit seinem Hütchen schöpft er pures Gold. Er läuft vom Goldbrunnen nach Hause. Bei dem Bauern zahlt er seine Schulden. Der Franz war genauso traurig wie seine Mutter. Er war genauso lustig wie seine Herde.

Haha, said the clown.

Der Franzl war bescheidener als die anderen. Er wollte weniger, als die Fee ihm gab. Du! Hattest du auch eine Fee? Ich nicht. Was hast du gesagt?«

Mit dem Sprechen hatte er noch Schwierigkeiten, er war ja erst zwei Jahre alt. Er kauerte auf dem Boden und zupfte an seinen Fingern. Seine Augen waren winzig, sein Kopf viel zu groß im Vergleich zum restlichen Körper. Er wirkte verletzlich. Seine Mutter sollte ihm den Sabber abwischen, das Blut, den Rotz. Sie war nicht da. Niemand war da. Wir waren allein.

Nein.

Das bildeten wir uns nur ein. Natürlich waren Hunderte um uns, Augen und Ohren, an allen Ecken und Enden. Geborgen in Beobachtung, verbrachten wir eine behütete Zeit, wie die Schafe vom Franzl. Dann war die Zeit aus und eine neue begann.

»An einem Frühlingsmorgen«, las ich, »unternehmen wir einen Ausflug in den Tannenwald. Beste, würzige Luft weht uns von den Bäumen entgegen. Wir hören endlich nichts mehr von dem uns tagaus, tagein umgebenen Lärmen. Die Vöglein lassen ihre wohlklingenden Morgenlieder erschallen und suchen sich auf einer dicken Tanne das schönste Plätzchen aus. Für den Kranken ist dies heilsamer als manche Medizin aus der Apotheke.«

Ich schnupperte am Heft, es roch nicht sehr nach Wald und Moos und würziger Friedlichkeit. Eigentlich nicht im Geringsten.

»Wie ist das möglich?«, fragte ich meinen Freund aus Kindertagen. »So viel Wald und kein Geruch. Alles Lüge. Im Mai duftet angeblich die Welt.«

Er stöhnte leise, als zaubere die Erinnerung eine Schwermut in ihn. Ach was.

Ein kleines Kind lebte außerhalb jeder Schwermut, das wusste doch jedes Kind. Gern hätte ich ihm zu einem leichteren Empfinden verholfen. Aus Gründen, die mir verborgen geblieben waren, hatte er sich wochenlang dagegen gesträubt. Sein Leiden jetzt war eine logische Folge, auch wenn ich ihm eine Flasche Mineralwasser hingestellt hätte, an der er sich hätte laben können.

Dann überlegte ich, ob er womöglich Zähne bekam und deswegen weinte, auch wenn ich seine Tränen nicht sehen konnte. Vermutlich fanden sie die Augen nicht.

Andererseits war Steffen zu alt für seine ersten Zähne. Er war zwei, und seine Milchzähne waren längst aus dem Kiefer geschlüpft. Ich sollte ihm eine Geschichte erzählen, um ihn zu trösten.

Nachdem ich im Heft geblättert hatte, kam mir ein neuer Gedanke.

Vielleicht hatte die Zahnfee ihn verschmäht, und seine ausgefallenen Zähne lagen noch immer unter dem Kopfkissen statt einer Münze oder einem anderen Geschenk.

Rüber in die Kammer zu gehen und nachzusehen, erschien mir übermotiviert.

Für meinen Bruder hätte ich es getan.

Das Lachen brach einfach aus mir raus. Die Vorstellung, die Schwägerin meines Onkels hätte ein zweites Kind zur Welt gebracht, löste einen Sturm der Begeisterung in mir aus. Heiligsheim wäre kopfgestanden. Jubel in den Häusern, im Wald und draußen auf dem See. Ein Kind so brav und still wie das erste, mit einer Handschrift zum Niederknien, katholisch und gehorsam, ein gelehriger Schüler und Ministrant, treu und ergeben.

Mein alter Freund auf dem Küchenboden duckte und krümmte sich vor meinem Lachen, das über ihn hinwegfegte, ohne dass er sich bemühte einzustimmen.

Hand in Hand wären wir die nach Bohnerwachs riechende knarzende Treppe zum Zahnarzt Dr. Hofherr hinaufgestiegen, mit vor Vorfreude glühenden Gesichtern. Oben hätte uns doppelte Freude empfangen. Und im Wald erst! Oder im Schwimmbad! Allüberall.

Mir fiel das Heft aus der Hand, so stark erschütterte mich das Lachen.

Ich prustete und stieß schrille Laute aus.

Brüllend taufte ich meinen Bruder auf den Namen Wastl, Beppi, Lois, Stofferl, Hias, Xare, Hausl, Martl, Stanerl, Bertel, Fonse, Waldfried, Hias, Anderl, Florus, Kare, Naze, Schorsch, Voitl, Girgl und Gustl, Jacherl und Jackl.

Die übrigen Namen gingen in meinem Husten unter.

So eine Gaudi hatte ich lange nicht mehr erlebt.

Nach fünf Minuten kehrte wieder Stille ein.

Ich verspürte das Bedürfnis, auch meinem alten Freund Steffen eine Freude zu bereiten. In meinem Schulheft stand eine Fabel, die mich in unsere selige Zeit im Feuerwehrhaus zurückversetzte.

»Du.« Er schien wieder bei uns zu sein. »Weißt du noch,

wie Tom Maier eines Tages einen Maikäfer anschleppte? Lustig war das. Wir dachten, er wär tot. Aber plötzlich krabbelte er über den Dachboden hinter dem Feuerwehrhaus. Jemand musste ihn aufhalten und killen. Weißt du noch? Kannst du doch nicht vergessen haben. Hast du denn alles vergessen? Alter Freund. Steffen!

Tom Maier. Der mit den abstehenden Ohren und den roten Haaren. So einen vergisst man doch nicht in einem Dorf, in dem praktisch alle gleich aussehen. Woher das kommt, weißt du ja.

Spielt keine Rolle.

Sechs Tage vor Weihnachten lief Tom in den Wald, weil er spielen wollte. Warum auch sonst? Hast du eine andere Erklärung? Vielleicht hatte er eine Verabredung mit dem Weihnachtsmann. Oder einem Hobbit. Angeblich hausten doch Hobbits unter den Farnen und Sträuchern im Wald hinterm Koglfeld. Das kannst du nicht vergessen haben.

Jedenfalls rannte er in einer Art Übermut in den kalten Wald und stürzte in die Schlucht. In der Nähe der Stelle, wo der Griesbach entspringt.«

Etwas stimmte mit seinen Augen nicht, sie irrten in den Höhlen umher und fanden nicht mehr raus. Armer Hund.

Aufmunternd kehrte ich zur Sache mit dem kleinen Tom zurück, dessen Vater sich auf die Suche nach ihm gemacht hatte.

»Der Gastwirt Maier hatte eine Ahnung«, sagte ich. »Er ging allein los. Die Nacht brach herein, und es fing zu schneien an. Die Dunkelheit schien undurchdringlich. Hör mir zu.

Natürlich hatte er eine Taschenlampe dabei. Und dann sah er seinen Jungen da unten liegen, auf einem Stein, mit verkrümmten Gliedmaßen. Schneeflocken bedeckten sein Gesicht.

Der Gastwirt Maier nahm sich ein Herz und begann mit dem Abstieg am steinigen, glitschigen, unwägbaren Hang. Kurz darauf muss er abgestürzt sein. Der genaue Todeszeitpunkt wurde nie ermittelt.

Männer der Bergwacht fanden die beiden Leichen am nächsten Vormittag. Tom Maier und seinen Vater.

Weißt du noch, wie der Vater mit Vornamen hieß? Sepp? Zenz? Traugott?«

So angestrengt wir auch nachdachten, der Name fiel uns ums Verrecken nicht ein.

»Die Angehörigen ließen eine Tafel an der Stelle oberhalb der Schlucht anbringen. Zum Gedenken. Wachet und betet, denn ihr wisset weder den Tag noch die Stunde, wann der Herr kommt. Wahre Worte. Oder weißt du, wann der Herr kommt? DER Herr. Nicht der Herr Rupp. Oder der Herr Hofherr.

Was ich eigentlich wollte, war, dich aufzuheitern.

Vorher müssen wir noch klären, wer den Maikäfer gekillt hat. Du scheinst den Vorfall verdrängt zu haben.

Ich war's. Die anderen waren zu feig dazu. Kein Vorwurf. Ich habe ihn erlöst. Er war doch schon fast hinüber, das habe ich dir doch grade erklärt. Tom hat geweint. Interessanterweise nicht lange. Wo hast du denn hingesehen? Du warst doch dabei. Oder nicht? Oder nicht? Oder?«

Mir schien, er schüttelte den Kopf. Ich überlegte, ob er recht haben könnte. »Wirklich nicht?«

Wenn es den Aufwand wert gewesen wäre, hätte ich mir vor den Kopf geschlagen. »Natürlich! Du bist ja viel älter als ich. Drei, vier Jahre. Du gehörtest nicht zu unserer Clique. Wie konnte ich das vergessen. Entschuldige meine Nach-

lässigkeit. Zerstreuter Professor an einem helllichten Samstag im Mai.«
Ich senkte den Kopf. An den kleinen Tom hatte ich lange nicht mehr gedacht.

Je mehr Zeit ich im Dorf verbrachte, desto mehr Kinder kamen zurück und scharten sich in meinem Kopf ums schwarze Brot der Erinnerung. Schüchtern brachen sie ein Stück davon ab und kauten lautlos und hielten sich vielleicht an den Händen, so, dass ich es nicht sehen konnte. Anscheinend hatte ich sie eingeladen, denn ich gab ihnen zu essen und ernährte mich selber davon.

In der Art.

Der Anblick meines Gastes widerte mich an. Ich musste mich beruhigen, durfte nicht zulassen, dass alles außer Kontrolle geriet. Draußen lauerten die Unsichtbaren.

Einmal noch, Bibiana, würde ich dir winken wollen, am Sonnenstein, wo früher die Baracken waren, in denen die Flüchtlinge hausten. Unweit der schiefen verwitterten Gebäude hattest du ein Zimmer mit einem runden Fenster. Wir fuhren über den Ozean, wenn ich bei dir war, gerettet für zwei Stunden.

Da hockte ich auf dem Boden, und mir zitterten die Hände. Nein. In meinen Adern tobte das Blut, und ich hatte nur ein Mittel dagegen. Wie damals in der himmlischen Zeit.

Fabelhaftes aus Fantasia.

»Du«, sagte ich und schaute meinen geduldigen Zuhörer an. »An einem lauen Maiabend krochen zwei Maikäfer aus der Erde. Hungrig hielten sie nach Futter Ausschau. Mit einem alten, erfahrenen Kameraden schwirrten sie zum nahen Park. Dort schmausten sie nach Herzenslust das saftige Laub, ohne Notiz von ihrer Umgebung zu nehmen.

Da sprach der alte Maikäfer eine Warnung aus: Seid vorsichtig! Kein Tier hat so viele Feinde wie wir. Fast alle Vögel stellen uns nach. Abend um Abend macht die Fledermaus Jagd auf uns. Unsere schlimmsten Feinde aber … Und er machte eine Kunstpause, damit die beiden jungen Käfer ihm auch ja zuhörten … Unsere schlimmsten Feinde aber sind die Buben. Darum seid stets auf der Hut.

Dann flog der alte Maikäfer davon, und die jungen knabberten weiter am Laub und achteten nicht darauf, was um sie herum passierte.

Drei Buben schlichen sich heran, und weil einer der Maikäfer ganz versunken in seine Mahlzeit war, reagierte er zu spät, und schwupps hatte ihn einer der Buben gepackt und in einen Schuhkarton gesteckt.

Der andere Käfer jedoch hatte sich die Worte des alten Käfers zu Herzen genommen und mit einem Auge immer wieder in die Gegend geblinzelt, um verdächtige Angreifer rechtzeitig zu erkennen. Das rettete ihm das Leben.

Als er die Schatten der Kinder näher kommen sah, schwang er sich flugs in die Luft und düste so schnell er konnte in den nächsten Baum und in Sicherheit. Sein Freund endete auf dem Dachboden hinter einem Feuerwehrhaus.

Die Kinder aber, wenn sie nicht gestorben sind, leben noch heute und sind glücklich bis ans Ende ihrer Tage.«

Oder auch nicht, dachte ich, sprang auf und schüttelte die Beine aus.

Was folgen musste, war jetzt keine Kunst mehr. Worüber sollte ich noch länger nachdenken?

Dass der Mann mich anlog, genau seit dem dritten Mai? Und wenn ich die drei Jahre dazuzählte, in denen ich in seiner Kneipe gesessen hatte und er mir von seinen Geschäften in Berlin und Skandinavien und seinem überragenden Leben in Heiligsheim erzählte, kotzte mich sein Anblick dreifach an.

Dass er mich gezwungen hatte, zwei alte Männer zur Rechenschaft zu ziehen?

Dass er mich zwang, noch mindestens einen weiteren alten Mann und eine Frau zur Rechenschaft zu ziehen?

Dass die Menschheit dieses Dorfes ungeschoren davonkam wie nie im Leben ein einziges Schaf vom Franzl?

Ach, Gott.

Aus der Schublade im Schlafzimmer holte ich meine Lederhandschuhe und streifte sie im Gehen über. Zurück in der Küche, blieb ich in der Tür stehen.

»Warum?«, sagte ich zu Steffen Lange.

Kein Vorhang riss entzwei. Kein Beben erschütterte das Koglfeld. Der Felsenkeller wurde nicht gespalten. Kein Leib entstieg einem Grab auf dem Friedhof von St. Michael. Gemäß der Heiligen Schrift hatte der liebe Gott uns verlassen.

Warum auch nicht?

Mit beiden Händen am Griff drückte ich ab.

Das Geräusch war dumpf und vertraut, die Eintrittswunde klein, das Blut kam nach und nach.

Zurück im Wohnzimmer, sah ich durchs Fenster, dass die Sonne durch die Wolken brach. Irgendwo in einem Baum hockte ein Maikäfer, im Glauben, er wäre im Paradies, wo es keine Buben gab. Übermütig wie er als Käferkind war, verschwendete er keinen Gedanken an Fledermäuse.

14

Die Aufräumarbeiten dauerten alles in allem etwa zwölf Stunden. Ich hatte Glück mit dem Wetter.

Nach einer kurzen sonnigen Phase zogen erneut bleierne Wolken am Himmel auf, und in der Nacht zum Sonntag regnete es wieder.

An einer bestimmten Stelle am Fuß des Felsenkellers, abseits der Bebauung, hinter einem von Vogelahornbäumen und Erlen bewachsenen und von einem rostigen Zaun umgebenen Grundstück führte ein schmaler, befahrbarer Weg zum Seeufer. Von dort konnte man auf einem gewundenen, steinigen, wurzelbewachsenen Pfad auf den fast tausendfünfhundert Meter hohen Berg hinaufsteigen.

An diesem Seeufer fiel der Heiligsheimer See fast hundert Meter steil in die Tiefe. Im Lauf der vergangenen vier Jahrzehnte hatten Taucher immer wieder Skelette, Wrackteile und Müll gehoben, die aus der Zeit des Nationalsozialismus stammten. Die im Dorf kursierende Legende besagte, dass an der tiefsten Stelle des Sees ein mittelalterlicher Gold- und Silberschatz verborgen sei.

Sollte dies tatsächlich der Fall sein, hatte ich ein paar hübsche Grabbeigaben für meinen Freund.

Der altmodische, eiserne Fahrradständer, an dem ich die Leiche festgebunden hatte, stammte vom Friseur Gallus. In hundert Jahren besäße dieses Teil einen gewissen historischen Wert. Falls bis dahin noch jemand Lust hatte, im Heiligsheimer See auf die Suche nach Preziosen zu gehen.

Das schwere Trumm in meinem Auto zu verstauen, war kein Kinderspiel. Ich hatte vorher die Lage sondiert und meine Parkposition genau festgelegt. Im strömenden Regen war niemand auf der Straße. Die Aktion dauerte keine Minute und ging lautlos vonstatten.

Am See hatte ich vom Auto keine fünf Meter bis zum Ufer zu schaffen. Ein solides Seil verband die Handgelenke meines Freundes mit den Verstrebungen des Fahrradständers, den ich – darauf achtend, nicht auszurutschen – zwischen Schilf und Sträuchern hindurch über den aufgeweichten Boden zog. Dann stieg ich in meinen alten Jeans und Stiefeln rückwärts ins Wasser.

Noch aus Kindertagen wusste ich, dass nach höchstens vier Metern der Grund abbrach. Das Wasser war eiskalt. Ich spürte, wie meine Haut sich erinnerte.

Mit einer letzten heftigen Bewegung riss ich den Eisenständer vom Ufer. Steffens träger Körper platschte ins Wasser. Ich hielt mich fest, bis ich den Boden unter den Füßen verlor und untertauchte.

Ich ließ das Seil los, stieß mich ab und streckte den Kopf empor. In Sekundenschnelle versanken Eisentrumm und Leichnam in der Tiefe.

Keuchend schwamm ich zum Ufer zurück. Als ich wieder festen Boden unter den Füßen hatte, stolperte ich über einen Stein und schlug der Länge nach hin. Sofort rappelte ich mich wieder auf, rannte zum Auto, wischte mir mit dem Badehandtuch, das ich mitgebracht hatte, über den Kopf und fuhr los.

Im Haus bemerkte ich, dass das Handtuch voller Blut war. Ich hatte mir Nase und Stirn aufgeschlagen.

Nachdem ich mich heiß und kalt geduscht hatte, wickelte ich meine nasse Jeans und das Hemd zusammen und steckte beides mit den Stiefeln und Socken in eine Plastiktüte, die ich am Montag in der Kreisstadt entsorgen wollte – ebenso wie die versiffte Matratze und das Bettzeug aus der Kammer und ein paar andere Sachen.

Dann putzte ich die Küche mit Scheuermilch, Essigessenz und Neutralreiniger. Die dreckigen Lappen und Schwämme verstaute ich in einer zweiten Tüte, und ich öffnete sämtliche Fenster im Haus.

Mit einer Flasche Bier stellte ich mich nackt vor die offene Balkontür und stieß auf den Regen und seinen versöhnlichen Gesang an. Der Geruch nach Algen und Fäulnis hing mir in der Nase. Das gefiel mir nicht.

Im hintersten Winkel des Kleiderschranks kramte ich nach dem Tütchen, das ich aus Berlin mitgebracht hatte – für Notfälle, wenn sonst nichts mehr half, hatte ich mir überlegt.

Doch als ich die Tüte mit dem weißen Inhalt in der Hand hielt, zögerte ich. Das war es nicht, was ich wollte. Ich war kein Junkie mehr, kein Wirklichkeitsvernichter. Inzwischen trug ich allein die Verantwortung für die Welt. Und ich hatte eine Aufgabe zu bewältigen, die meine ganze Kraft und Konzentration erforderte.

Würde ich mir das Zeug durch die Nase ziehen, wäre alles verloren, dachte ich. Und noch bevor ich kapierte, was ich tat, ging ich ins Klo, riss die Tüte auf und drückte die Spülung. Ich sah, wie der letzte Rest meiner elenden Berlin-Vergangenheit in die Kanalisation strudelte.

Schade, dass niemand da war, mit dem ich den Augenblick hätte teilen können.

Spielte keine Rolle. Ich war ja da. Ich, der Regen und die treue Nacht.

Das Bier war alle, und ich besorgte mir ein neues.

In dieser Nacht holte ich die alte grüne Reisetasche vom Schrank und leerte sie im Wohnzimmer aus. Vier kartonierte Mappen mit Hunderten von Blättern verteilten sich auf dem Teppichboden. Gedichte, Liedtexte auf Deutsch und Englisch, hingerotzt in krakeliger, meist blauer Schrift, wirre Reime, eigenartige Geschichten von erledigten Seelen.

Offensichtlich war ich einmal eine Art Poet gewesen, in der Zeit vor meinem vierzehnten Lebensjahr, als ich jemanden oder etwas brauchte, um mich zu vergewissern, dass ich existierte.

Schämte mich jetzt maßlos dafür.

Anstatt mich zu wehren, war ich in ein Schneckenhaus gekrochen und hatte an Versen herumgepfriemelt und auch noch meinen Friedrich Wilhelm druntergesetzt.

Mir geschah, dachte ich, ganz recht, was mir geschah. Mein Verhalten zeugte von grotesker Feigheit. Nichts an mir verdiente Sanftmut. Alles in mir schrie nach Bestrafung.

Gottes erbärmlichster Ministrant tat jedes Mal Buße, wenn er die knarzende Treppe zu Doktor Hofherr hinaufstieg, den Kopf gesenkt und die Hände gefaltet.

Das Dorf, in dem ich aufwuchs, hatte ich verdient. Kein Platz auf Erden wäre angemessener gewesen als die Flure von Heiligsheim.

Dafür dankte ich dem Schöpfer auf Knien.

Bei geöffneten Fenstern und Türen kniete ich auf dem Boden. Wie es sich gehörte, hielt ich den Kopf gesenkt und die Hände gefaltet und versank in andächtigem Schweigen.

Nach einer Weile erhob ich mich. Ich ging zum Tisch, wo meine vier blauen Schulhefte lagen, nahm eines davon und fiel wieder auf die Knie. Dann schlug ich das Heft auf und hielt es mit beiden Händen wie eine Bibel und las mit leiser Stimme.

Meine Schrift in den Heften unterschied sich fundamental von der auf den losen Blättern. Hier jeder Buchstabe akkurat auf die Zeile gesetzt. Dort ineinanderschwimmende Wörter, ein Gestammel kreuz und quer.

Weg damit, dachte ich angewidert, in die Grube mit dem nutzlosen Poeten! »Der Totengräber«, las ich ergeben, »erfüllt seine Pflicht. Die Straßen waren menschenleer. Die Pest ging um. In vielen Häusern lagen schon Pestleichen. Sie durften vom Pfarrer nicht mehr beerdigt werden. Nachts rollte der Pestkarren über das holprige Pflaster. Seine Räder waren mit Lappen umwickelt. Mit einem langen Spieß zerrte der Totengräber die Opfer auf seinen Karren. Die Pestbetten verbrannte er und hing einen Strohkranz an die Häuser mit den Leichen. Auf einem Acker außerhalb des Dorfes warf er die Toten in die Pestgrube und schaufelte sie zu.«

Nach einer Gedenkminute fuhr ich fort: »Die Pest machte nicht Halt vor dem Haus des Bürgers, vor dem Haus des Lehrers, des Schuhmachers, des Totengräbers, des Pfarrers, des Tischlers, des Türmers. Verkündet wurde der Tod des Schmieds, des Torwächters, des Gerbers, des Nadlers, des Kindes, des Fischers, des Holzers. Die Leute trauerten um den Sohn, um die Frau des Töpfers, um die Tochter des Müllers, um das Kind des Metzgers. Gestorben war die Tochter des Schöfflers, die Frau des Maurers, die Witwe des Schreiners, die Nichte des Krämers, die Enkelin des Schreibers.«

Ich ließ das Heft sinken.

So viele Tote, so viel Leid und Kummer in den Kammern der Menschen, dachte ich und empfand kein Mitleid. Die Wege des Herrn waren unergründlich, das wusste jedes Kind. Jeder von uns hatte keine andere Wahl, als ihnen zu folgen und auf Seine Stimme zu hören. Mit fünfzig Jahren erst war ich zu einem wahren Jünger geworden.

Mit fünfzig erreichte ich meine Jugend und war bereit, in Seinem Sinn zu handeln und Seine Botschaft zu begreifen.

Trotzdem hatte ich meinen eigenen Willen.

Ich bestimmte den Rhythmus meiner Schritte und die Art der Waffen für meinen Kampf gegen die Frevler, Lügner, Pharisäer und Heuchler.

Bis zum heutigen Tag verachtete ich Abraham für seinen blinden Gehorsam. Er hatte die freie Wahl und glaubte nicht daran. Anstatt sich selbst zu vertrauen und seinen geliebten Sohn zu schützen, führte er ihn zur Schlachtbank und hätte ihn über dem Feuer gebraten wie ein Lamm.

Warum?

Was hatte Isaak seinem Vater angetan? Warum missbrauchte Abraham ihn für seinen Irrsinn?

Ich hatte Pfarrer Schubert gefragt. Er gab mir eine Ohrfeige rechts und links und beschimpfte mich, ich sei ein gotteslästerlicher Bube, der zur Strafe hundert Mal das Vaterunser schreiben müsse. Vorher schlug er mir mit dem Lineal auf die flache Hand. Wenn ich aufschrie, schlug er fester zu.

Keine Vergebung, keine Gnade.

Für mich blieb Abraham der Urvater der Feigheit. So wie

er wollte ich niemals werden und wurde es doch. Und der Engel des Herrn nahm mich mit in den Wald und hinaus auf den See, und ich wehrte mich nicht, denn ich war ein Nachfahr Abrahams.

Während ich weiter im Heft blätterte, entstand in mir plötzlich eine Art Rührung – beim Gedanken an die von der Pest dahingerafften mittelalterlichen Geschöpfe. Woher hätten sie wissen sollen, dass in einer Welt ohne Gräber keine Auferstehung möglich war? Sie irrten durch die Finsternis und klagten und fragten warum und vernahmen Seine Stimme nicht.

Auf einer der hinteren Seiten entdeckte ich eine lustige Überschrift: »Was ich tun möchte, wenn mich niemand erkennt.«

Ich unterdrückte ein Lachen.

Mir war ein wenig kalt, stellte ich fest, aber ich war mitten in der Andacht.

Also erhob ich die Hände mit dem Heft voller Schönschrift und las: »Wenn ich ein Cowboy bin, dann binde ich mir noch ein Tuch über Mund und Nase, so dass mich niemand erkennen kann. Maskiert erschrecke ich dann meine Mitschüler. Ich verstecke mich hinter Bäumen. Wenn dann jemand vorbeikommt …«

Zum Beispiel Herr Rupp, dachte ich. »… springe ich schreiend hervor. Jeder, der mich sieht, wird denken: Wer ist das nur? Später schleiche ich mich an Leute heran …«

Zum Beispiel an Herrn Geiger, dachte ich. »… und sage: Hände hoch! Da werden sie bestimmt sehr erschrecken. Zum Schluss werde ich mir noch ein Lasso besorgen.«

Zum Beispiel für Herrn Lange, dachte ich und ließ das Heft fallen und sah zur offenen Balkontür.

Vollständige Dunkelheit hüllte das Koglfeld ein. In unvordenklicher Zeit waren hier vielleicht die Pesttoten des Dorfes begraben worden. Noch heute verbreiteten deren Nachfahren die Pest, ohne erstaunlicherweise vorzeitig daran zu sterben. Abgesehen von einigen wenigen.

Als ich aufstand, wehte eine kalte Brise herein. Der Regen trommelte auf die Brüstung. Mir fiel ein, dass ich heuer Schneeglöckchen auf dem Feld gesehen hatte, weiße, gelbe, violette Krokusse entlang der Alten Straße, Huflattich auf der Wiese beim Fiedler-Bauern, Gänseblümchen und Leberblümchen, zitronengelbe Schlüsselblumen im Garten vom Café Schmidt und natürlich Palmkätzchen am Strauch neben dem Pfarrhaus.

Wie in der seligen Kinderzeit.

Wie so oft ging ich eine Zeitlang im Zimmer auf und ab, mit schlenkernden Armen und ausholenden Schritten, erhobenen Kopfes, wachsamen Blickes.

Die Dinge hatten sich verändert, und ich hatte meinen Anteil daran. Im Waldboden und auf dem Grund des Sees lagen Pesttote. Unermüdlich wusch der Regen die verpestete Luft.

Ich hielt inne.

Der Regen. Die Nacht. Das bleiche Licht der Stehlampe. Ich spürte, wie mein ureigenes Leben in mir pulsierte.

Beschwingt lief ich in die Küche. Ich nahm eine weitere Plastiktüte aus dem Spülschrank, warf die Hefte, Mappen und Blätter hinein und stellte die Tüte neben die beiden anderen in den Flur. Anschließend schloss ich die Balkontür und legte mich aufs Bett. Als ich an Regina dachte, bekam ich eine Erektion.

»Trinkst du noch ein Glas?«, fragte sie.

»Nein.«

»Wieso nicht?«

»Ich würde gern gehen.«

Regina Lange sah mich misstrauisch an. »Gestern hör ich den ganzen Tag nichts von dir, und heut bringst du kaum ein Wort raus. Was geht da in dir vor?«

Sonntagabend, und ich war der letzte Gast. »Ich habe mich vorhin mit Boxer und Gernot unterhalten.«

»Spitzenunterhaltung, der eine blauer als der andere.«

»Du verkaufst ihnen die Getränke.«

Sie nahm eine aggressive Haltung ein, was lächerlich aussah.

Langsam kam ich in Schwung.

»Wenn du Streit suchst, geh nach Hause«, sagte sie. »So was brauch ich nicht. Ich weiß immer noch nicht, wieso du mich gestern nicht zurückgerufen hast.«

»Du hörst mir nicht zu«, sagte ich mit ruhiger Stimme. »Ich wollte allein sein, ich habe komponiert, ich bin im Wald gewesen, am See, an verschiedenen Orten.«

»Bei dem Sauwetter.«

»Ich musste raus und wollte nicht gestört werden.«

»Kein Wort glaub ich dir.« Als sie die Hand nach meinem leeren Glas ausstreckte, packte ich ihr Handgelenk. Erwartungsgemäß stieß sie einen kurzen Schrei aus. »Und jetzt will ich hier raus und zu dir.«

Nachdem sie allen Ernstes so tat, als wollte sie ihre Hand aus meinem Griff befreien, beugte sie sich näher zu mir. Ihr Mund zuckte. In diesem Moment ließ ich sie los. Irritiert verharrte sie, was ebenfalls lächerlich aussah.

»Zu mir?«, fragte sie endlich.

»Ins Hotel können wir nicht, da hockt die Kommissarin.«

»Aber, aber … Das haben wir noch nie gemacht …«
»Heute ist es so weit.«
»Und … und wenn …«
»Und wenn dein Mann auf einmal vor der Tür steht?«
Sie nickte. Ihr Blick, getränkt von Alkohol und aufkeimender Lust, tastete mein Gesicht ab.
»Der kommt nicht«, sagte ich.
»Woher willst du das wissen?«
»Ich weiß es.«
»Woher denn? Hast du ihn aus dem Weg geschafft?« In ihrer Stimme nistete ein ernsthaftes Verlangen. Vielleicht sollte ich ihr den Vorschlag machen, Steffen, falls er zurückkäme, zu ermorden und die Tat wie einen Gewaltakt aus dem Milieu aussehen zu lassen. Damit wir freie Bahn für unsere Liebe hätten. Ihrer Meinung nach wartete ich nur auf diesen Moment. Sie glaubte, ich würde mein Leben für sie opfern.
Mit ihr hatte ich immer viel zu lachen.
»Soll ich es machen?«, fragte ich.
»Würdest du?«
»Lass uns gehen.«
»Was ist los mit dir, Ludwig?«
»Wir waren lange nicht mehr zusammen.« Ich glitt vom Barhocker, stellte mich breitbeinig hin und stemmte die Hände in die Hüften. Auftritt des Herrn.
Sie biss sich auf die Lippen, warf mir noch einen Blick zu und spülte mein Glas.
»Ich warte draußen«, sagte ich.

Heute Morgen hatte der Regen aufgehört. Ich stand unter dem Vordach beim Hintereingang und dachte an die beiden Männer, mit denen ich am Tresen gesessen hatte und die nicht wussten, wer ich war und welcher Bestimmung ich auch in ihrem Namen folgte.

Zwar war der eine, der glatzköpfige »Boxer« Kleinschmidt, ein nervtötender Angeber und der andere ein innerlich verstümmelter Trinker. Doch wie ich stammten sie aus der Kloake dieses Dorfes.

Wonach wir stanken, das einte uns.

Etwa ein halbes Jahr nachdem ich ans Koglfeld gezogen war, begegnete ich den beiden zum ersten Mal in der Pumpe. Kurz darauf begann ich mit meinem Verhör. Obwohl ich mir nicht allzu viel davon versprach, erwähnte Gernot bald einen Namen und bestätigte meinen Verdacht.

Natürlich hatte ich keinen Verdacht gehabt. Ich war mir immer sicher gewesen, von Anbeginn. Jetzt aber kannte ich einen Zeugen.

Wenn er ein Glas zu viel trank, neigte Gernot zu massiver Schwermut, und ich lernte, ihn aufzuheitern. Mit Anekdoten aus der Musikbranche, in der ich ja verkehrte, aus dem Frankfurter Rotlichtbezirk, in dessen Nähe meine Eltern und ich ja gelebt hatten, mit allerlei Schnickschnack aus der großen Stadt Berlin, in der ich ja Karriere machte. Manchmal unterbrach mich Boxer bei meinen Ausführungen und stellte eine Frage – vor allem, weil er minutenlang nicht zu Wort gekommen war. Mein Leben interessierte ihn einen Dreck.

Recht so.

In seinen Träumen schnitt Gernot Zollhaus auf dem Kurfürstendamm prominenten Persönlichkeiten die Haare, zauberte Kreationen auf die Köpfe und verwandelte Gestrüpp in Mode. In der Zwischenzeit tranken seine Kundinnen – hinreißend geduldig in der Gesellschaft ihres

Spiegelbilds – Champagner oder Espresso und beichteten ihm ihre Nöte. Denn Gernotschatz war nicht nur ein genialer Coiffeur, sondern auch ein absolut verschwiegener Zuhörerschatz.

Etwas in der Art.

Für seinen Freund Boxer, den Bademeister, waren solche Bekenntnisse schwules Geschwätz. Mir aber verschafften sie Zugang zur Hölle, die Gernot mit sich herumtrug, während er auf dem Minigolfplatz den Rasen mähte, weggeworfene Eistüten, Taschentücher und Dosen einsammelte und abends bei Regina am Tresen hockte und niemanden außer Boxer hatte, der sich neben ihn setzte. Aus seinen wirren, stockenden Andeutungen wusste ich von der Rolle des Wirts, und ich glaubte Gernot sofort.

Auch Boxer – sein Panzer aus Fett war noch lang nicht dick genug – starrte bei Gernots abrupten Erinnerungen in den Abgrund zwischen seinen Beinen. In seinen Augen hausten immer noch Zombies, untote Blicke aus der Zeit der Massaker am Schauen eines Kindes.

Der Rest war Bleiben und Handeln.

Wir tranken viel zu dritt. Regina und Steffen wussten nicht recht, was unsere neue Freundschaft bedeuten sollte.

Nichts.

Gernot, Boxer und ich waren Gesandte des Zufalls, damals wie heute, auch wenn ich inzwischen ein Fremder für sie war.

Manchmal bezahlte ich die gesamte Zeche. Dann nahmen wir noch ein Chriesiwasser zum Abschluss, Mirabelle oder Kirsch, und stießen mit den Gläsern an und tranken auf ex, und ich bestellte noch mal dasselbe.

Die verhunzte Nähe zu Regina ließ ich erst zu, als ich mit Gernot und Boxer nichts mehr zu reden hatte. Als sie mich bei meinem Auftrag nicht mehr störte. Als ich angefangen hatte, sie zu verabscheuen.

»Was denkst du?«, fragte sie vor der Tür.

»An dich.«

»Ah ja.« Sie sperrte die Kneipe ab, ließ den Schlüssel in ihre Umhängetasche fallen und wandte sich zu ihrem Fahrrad um. »Bist du mit dem Auto da?«

»Nein.«

»Dann schieb ich das Rad.«

Nichts anderes hatte ich erwartet.

Sie ging auf der einen Seite des Fahrrads, ich auf der anderen, die Hände in den Jackentaschen, die ersten hundert Meter wortlos. Unser Weg führte durch schmale Gassen in Richtung See, vorbei an Wohnhäusern aus den sechziger Jahren, einem Gasthaus, einer Eisdiele, einer Pension, einem Bauernhof mit Ferienwohnungen und dem Einfamilienhaus, in dem der Apotheker Rupp gelebt hatte. Hinter einigen Fenstern brannte noch Licht. Ab und zu fuhr auf der Hauptstraße ein Auto vorbei.

So viel stand fest: Jemand würde uns sehen. Besser: Jemand hatte uns bereits gesehen. Auch auf die Entfernung war Regina Lange mit ihrer Schirmmütze und dem schwarzen Fahrrad eindeutig zu identifizieren. Mich, dachte ich, musste man schon aus der Nähe betrachten, um mich zu erkennen. Ich trug eine Baseballkappe und hielt den Kopf gesenkt. Außerdem hinkte ich leicht, was ich sonst nie tat. Beim Sturz am See hatte ich mich nicht nur am Kopf verletzt. Als ich aufstand, war ich ausgerutscht und hatte mir das Knie verdreht. Keine große Sache, aber ich dachte, ich sollte sie benutzen.

Natürlich hatte Regina mich wegen meiner Schramme

auf der Nase und dem Pflaster auf der Stirn gelöchert. Ich erklärte ihr, ich sei im Dunkeln vor der Garage im Kies hingefallen.

Über den Weg von der Kneipe zum Haus in der Bigelowstraße, wo Regina mit ihrem Mann lebte, und die Dinge, die unterwegs passieren könnten, hatte ich mir nicht den Kopf zerbrochen.

Sollten uns massenhaft Leute begegnen, wollte ich mich an der Haustür verabschieden oder noch in der Gegenwart anderer tatsächlich umkehren. Fast bildete ich mir ein, ich würde darauf hoffen.

Eine diffuse Form der Erschöpfung breitete sich in mir aus. Ich verspürte das Bedürfnis, mich aufs Sofa zu legen, wie ein vom Tagwerk ausgelaugter Friseur. Da läge ich dann und würde zur Decke hinaufschauen und meine Halsschlagader spüren, wie sie pulsierte, und mich fragen, was der liebe Gott mir mitteilen wollte.

Nichts, wie immer.

Kurz bevor wir ihr Haus erreichten, blieb Regina stehen. »Willst du mir noch was sagen?«, fragte sie.

»Sei ehrlich zu mir.«

»Ich versteh dich nicht, Ludwig.«

»Wenn du mir ehrlich sagst, was du möchtest, sag ich dir auch, was ich möchte.«

»Aber … Sicher … Ich mein nur, weil du bisher noch nie mitkommen wolltest und weil … Ich weiß nicht …« Sie sah zum Haus. Hinter der Gardine eines Fensters im dritten Stock brannte Licht, das einzige im Haus. »Komm rein.«

Sie stellte das Rad in den überdachten Ständer zu den anderen, befestigte das Kettenschloss und kramte den Haustürschlüssel aus der Tasche. Vor der Tür drückte sie mir hastig einen Kuss auf die Wange. Dann huschte sie in den Flur.

Ich zögerte eine Sekunde, wandte mich noch einmal um. Die Straße lag still im Dunkeln. Auch im Haus war kein Geräusch zu hören.

Unwillkürlich musste ich wieder an Gernot Zollhaus denken, wie er seine Hände hochhielt und meinte, er hätte ein Kopfkünstler werden können. Daraufhin zeigte er mir die Narben an seinen Fingern und sagte: Siehst du, lauter Scherenschnitte. Und Boxer grinste dazu, und in seinen Augen hielten die Zombies sich an den Händen.

Vorbei.

Drei Zimmer, Küche, Bad. Geruch nach altem Essen und angefressenem Alter. Sie lag, wie gewünscht, auf dem Bauch, die Fußgelenke an die Hände gebunden, mit abgeknickten Beinen, um den Hals einen Gürtel, den ich am Bettgestell befestigt hatte. Gerte und Rohrstock lagen auf dem Beistelltischchen. Traditionelle Anordnung.

Sie keuchte und wartete. Anders als gewöhnlich stand ich am Kopfende. Was sie irritierte, waren meine Hände, an denen ich nicht wie sonst Gummi-, sondern Lederhandschuhe trug.

Normalerweise musste ich mit den Händen nach der Behandlung auch noch in sie dringen.

Heute nicht.

Die Striemen vom letzten Mal waren gut verheilt. Ausreichend Bepanten plus Mesitran mit Manuka-Honig. Optimal.

»Heute nicht«, sagte ich.

Laut ihrem selbst erfundenen Schlachtplan durfte sie in der Stellung, in der sie sich befand, nicht sprechen. Nur schreien. Natürlich nicht im Postillion. Da wandte ich die Geschirrtuch-Methode an, mit der ich auch ihren Mann vertraut gemacht hatte.

»Heute nicht«, wiederholte ich, für den Fall, sie grübelte weiter über meiner Ankündigung, weil sie glaubte, sich verhört zu haben.

Von nun an erübrigte sich jedweder Glaube.

»Steffen erzählte dir von früher«, sagte ich und umklammerte mit meinen Lederhänden das Bettgestell. »Schon vor langer Zeit. Du bist bei ihm geblieben. Warum? Erzählte er dir, wie er den kleinen Boxer in die Kabine des Schwimmbads gelockt hat? Und den schüchternen Gernot? Und wie sie sich immer alle trafen und auskartelten, wer von uns als Nächster an die Reihe kam. Ja? Regina?«

Ich schnupperte.

Flatulanzen möglicherweise.

»Ist das höflich?«, fragte ich sie.

Da sie die ganze Zeit den Kopf, soweit die Lederschlinge es erlaubte, in den Nacken gedrückt hatte, um mir ins Gesicht zu sehen, seufzte sie erschöpft auf, und ihr Kopf sackte aufs Laken. Gleichzeitig öffnete ich den Knoten am Gestell und zog am Gürtel wie an einer Hundeleine. Sie stieß einen schrillen Schrei aus und schnappte nach Luft.

Zu ihrer Verblüffung stieg ich hinter ihr aufs Bett. Ich kniete mich auf ihr Schulterblatt, beugte mich über sie und löste die Schnalle von ihrem Hals. Ihr hektisches Keuchen erinnerte mich an den alten Apotheker im Wald. In ihrem Röcheln tauchte mein Name auf. Sie zuckte mit den gefesselten Beinen und Armen.

Kein Problem.

Ich schlang den Gürtel ein zweites Mal um ihren Hals

und zog mit beiden Händen zu. Natürlich bäumte sie sich auf. Natürlich unterschätzte sie die Kraft des Herrn.

Sie war erlöst, keine Minute später.

»Gegrüßet seist du, Regina, Königin von Heiligsheim«, sagte ich, nachdem ich vom Bett gestiegen war und mich, lauthals nach Atem ringend, an die Wand gelehnt hatte. »Voll der Gnade des Himmlischen, der Herr ist mit dir. Du bist gebenedeit unter den Frauen und gebenedeit ist die Frucht deines Leibes, der Tod.«

Schon als Kind faszinierte mich das Wort gebenedeit. Lange Zeit dachte ich, unser Briefträger Benedikt sei ein Verwandter der Mutter Gottes. Bei der Firmung fragte ich Bischof Stümpfle danach. Aber er hörte mir nicht zu, oder die Mitra war ihm über die Ohren gerutscht.

Wer würde das nach all den Jahrzehnten beeiden?

Ungefähr eine Stunde verharrte ich im Schlafzimmer des Ehepaars Lange. Ich hielt Totenwache und gedachte der Toten und Getöteten und schlug mehrmals das Kreuz. Dann ging ich nach draußen, wo ich in einem Seitenweg vorsorglich mein Auto geparkt hatte.

Hinterm Lenkrad streifte ich die Handschuhe ab. Meine Hände sahen grau und giftig aus und hatten die Farbe modriger Pilze. Mein Gesicht im Rückspiegel glich einem Fetzen, in den Augen, Mund und Nase geschnitten waren.

Noch immer nahm ich den Geruch des Zimmers, dessen Geräusche und Schatten wahr. Den Begierden Reginas hatte ich mich aus nichts als Langeweile hingegeben, ihr Ende war längst vorbestimmt. Ihres und das der anderen.

Meins auch.

Mit gefrorenen Tränen war ich in dieses Dorf zurückgekehrt. In einer Nacht aus Eis würde ich meine Wiege wiederfinden. Ich würde mich hineinlegen, die Augen schließen und den Gesang der brennenden Vögel hören, die trotz der Flammen, die aus ihnen schlugen, ihre Bahnen zogen und dem Allmächtigen huldigten. Bald wäre ich einer von ihnen und meine Verdammnis ein ewiges Glück.

»Du«, sagte ich zu Regina auf dem Bett. »Ich bringe dich jetzt zu Tobi, dem Sänger. Wie selig er sang, du hast ihn nie gehört.«

15

In die Kirche St. Michael – so stellte ich mir vor – setzte er keinen Fuß mehr. Fest stand: Er begann eine Lehre als Radio- und Fernsehtechniker im Laden seines Vaters Hermann Locke und bereitete sich bereits auf die Gesellenprüfung vor, als er anfing, unzuverlässig zu werden. Er schwänzte Arbeitstage und erfand erbärmliche Ausreden.

Über sein Befinden – so dachte ich mir – verweigerte er jede Auskunft. Weder sein Vater noch seine Mutter drangen zu ihm durch. Er verbarrikadierte sich in seinem Zimmer – er war neunzehn und lebte noch zu Hause – oder streifte durch die Wiesen und Felder der Umgebung, in sich gekehrt, einen Strohhut auf dem Kopf.

Wenn er im Geschäft anwesend war, verrichtete er akribisch seine Arbeit. Er redete freundlich mit den Kunden und beriet sie geduldig beim Kauf eines neuen Fernsehers oder Radiogeräts. Nach außen hin wirkte er wie immer.

Jahre später kam sein Schulfreund Gernot in der Pumpe auf ihn zu sprechen und meinte, man habe Tobi auf seinen Wanderungen oft laut schreien hören. Ich fragte ihn, wo das gewesen sei. Soweit Gernot sich erinnerte, kamen die Laute – er nannte sie markerschütternd – von irgendwo am Rand einer der großen, ungemähten Wiesen, in denen die Kinder Versteck spielten. Niemand, sagte Gernot, habe jemals Genaueres darüber erfahren, auch er selbst habe sich nicht getraut, Tobi anzusprechen. Er hat sogar weiter mit uns Fußball gespielt, sagte Gernot, er sei ein Supertorwart gewesen, Ecken und Flanken habe er abgefangen wie Sepp Maier fast.

Als ich das Dorf verließ, kam Tobi gerade in die Volksschule. Ich kannte ihn flüchtig. Einmal kaufte ich im Laden seines Vaters Batterien für meinen Kassettenrecorder, da sah ich ihn im Hinterzimmer hantieren. Er trug ein grünes T-Shirt, eine kurze blaue Hose und einen Strohhut.

In seinen Träumen kehrten – kaum, dass er volljährig war – die herrlichen Herren wieder, da war ich mir sicher. Mit einem Füllhorn voller Lust lockten sie ihn ins Freie und bereiteten ihm sinnliche Stunden abseits der Heiligsheimer Ödnis. Er folgte ihnen, wann immer sie riefen. Er setzte seinen Strohhut auf und rannte querfeldein und schrie seine Freude in den Himmel, so arg nahmen ihn die herrlichen Herren in Beschlag.

Bestimmt hatte er den einen oder anderen in der Zwischenzeit vergessen gehabt. Eines Tages hätte er den Laden seines Vaters übernommen und vielleicht ausgebaut und wäre heute ein im ganzen Landkreis beliebter Helfer in der Not, wenn die Technik versagte oder das Internet nicht funktionierte.

Neunzehn Jahre war er alt geworden und am Schweigen nicht erstickt.

Seine Fingerkuppen – das hätte ich beeidet – berührten die Zukunft. Ihm fehlten noch höchsten hundert Schritte, um den Schatten für alle Zeit zu entwischen.

Da tauchten sie auf, eines Nachts, die herrlichen Herren, und winkten ihm und wirkten so vertraut wie eh und eh.

Einer schenkte ihm Bonbons.

Ein anderer lud ihn zu einer Bootsfahrt ein.

Ein dritter brachte selbstgebackenen Schokoladenkuchen mit.

Ein vierter versprach ein unglaubliches Geheimnis.

Ein fünfter log das Blaue vom Himmel herunter.

Ein sechster flößte ihm Tabletten ein.

Ein siebter drohte mit dem Tod, falls Tobi auch nur ein Sterbenswörtchen ausplaudern sollte.

So rannte er über die Felder, und niemand, der ihn sah.

So schrie er aus Leibeskräften, und niemand, der ihn hörte.

Gegen die Scham setzte er einen Strohhut auf, gegen den Ekel kaute er Löwenzahnblätter.

Die Wege des Herrn, sagte vermutlich Pfarrer Schubert am offenen Grab, waren unergründlich, und bat um Nachsicht für das, was Tobias Locke getan hatte.

Wie ein Pesttoter hätte er eigentlich verbrannt werden müssen und sein Leichnam in einer Grube verscharrt, und der Priester hätte einen Strohhut an das Haus der Familie Locke hängen müssen.

Denn wer sich selbst richtete, beging eine Todsünde.

Pfarrer Schubert ließ Gnade walten. Seine letzte Ruhestätte fand Tobi auf dem Friedhof von St. Michael, unweit des einen oder anderen erlösten Sünders, der die Buben liebte wie den lieben Gott.

Da ich die genaue Stelle nicht kannte, folgte ich meiner Intuition.

An seiner statt hing nun Regina in der Buche – ohne Strohhut, in einem gelben Kleid, das ich aus ihrem Schrank genommen hatte. Sie war barfuß und trug keine Unterwäsche. War nicht nötig in der Stadt der Hölle, deren Namen ich vergessen hatte. Um ihren Hals hatte ich den Ledergürtel gebunden, den sie so gern mochte.

Lausiger Job, die Leiche vom Waldrand den gewundenen Pfad hochzuschleppen, bis fast zum Wasserfall. Ich zerrte sie an den Handgelenken hinter mir her. Der Bach plätscherte. Fast kriegte ich eine Maulsperre, weil ich die Taschenlampe zwischen die Zähne geklemmt hatte.

Die Lampe war eine Antiquität aus meiner Zeit im Blaubart, auch Wladi hatte sie benutzt, wenn er nachts im Keller nach Einbrechern suchte. Seine paranoide Phase hatte fast ein Jahr gedauert.

Wenige Meter nach der Gedenktafel für den Wirtssohn Tom Maier, der in die Schlucht gestürzt war, ließ ich die Wirtin los und schnaufte kräftig durch. Danach wählte ich den Baum aus und erledigte den Rest.

Wieder ein Heidenaufwand.

Wachet und betet, denn ihr wisset weder den Tag noch die Stunde, wann der Herr kommt.

Den Satz hätte Regina definitiv bestätigt.

Ohne zu trödeln, machte ich mich auf den Rückweg. Nebenher gedachte ich der Toten und Getöteten, atmete die gute Waldluft ein und ließ den Schein der Taschenlampe rehgleich übers Gestrüpp springen.

Eine Stunde später war ich zurück in der gebenedeiten Stille meines Hauses.

Da ich nicht im Geringsten müde war, packte ich meine spärlichen Klamotten in den Koffer, die vier Taschenbücher, die ich wieder und wieder gelesen hatte – Übersetzungen aus dem Italienischen, Portugiesischen und Englischen und ein Gedichtband auf Deutsch –, zwei Paar Schuhe, Handtücher, meinen Laptop, kaum benutzte Schreibutensilien, meine beiden Prepaid-Handys.

Wann genau ich abreisen würde, wusste ich noch nicht, morgen, übermorgen, jedenfalls bald und lautlos.

Was ich auf keinen Fall versäumen durfte, war ein Besuch bei Max Mustermann in der Klinik. Von Gernot hatte ich erfahren, dass der beliebte Zahnarzt nach wie vor im Großklinikum lag, anstatt in einer Reha im Allgäu neue Kräfte zu sammeln. Arme Sau.

An der Klinik fuhr ich praktisch vorbei. Ich freute mich schon, den alten Nothelfer wiederzutreffen. Hoffentlich war er noch zu einer Unterhaltung fähig. Vitus und ich hatten eine Menge gemeinsam erlebt. Gesprächsstoff ohne Ende.

Ich wollte das Schweizer Messer benutzen, das ich dem alten Rupp aus dem Rucksack geklaut hatte.

Zur Feier des Tages gönnte ich mir die letzte Flasche Löschzwerge. Ich leerte sie zügig, am Wohnzimmerfenster stehend und in die Landnacht hinausblickend, gefestigt und mit einer Art Zuversicht im Herzen.

Beim Gedanken, dass die Pumpe am heutigen Montag Ruhetag hatte, lachte ich laut auf und beschloss, mich hinzulegen und ein wenig zu schlummern.

Im Traum belästigte mich eine Kavallerie von Ameisen, keine Ahnung, wo sie alle herkamen. Sie krabbelten über meinen Körper, ich fegte sie weg, und sie wurden nicht weniger. Also hielt ich nach einer Dusche Ausschau. Ich wollte mich grade drunterstellen, da wachte ich auf.

Als ich am Mittag auf dem Wertstoffhof der Kreisstadt die letzte Plastiktüte über der Öffnung des Kleidercontainers ausschüttelte, tippte mir jemand auf die Schulter. Ich drehte mich um.

Vor mir stand eine Frau.

Ich glaubte, meine Tränen würden schmelzen.

16

»Mein Gott, Coelestin«, sagte sie. »Wie siehst 'n du aus?«

Die Haare, dunkelblond wie früher, fielen auf ihre Schultern. Die Nase wurde von dem kleinen Höcker gekrönt, über den sich ihre Klassenkameradinnen das Maul zerrissen hatten. Der grüne Schimmer in ihren Augen war immer noch da. Auf ihr helles Gesicht hatten die Jahrzehnte kunstvolle Linien gezeichnet, ohne die Haut zu verunstalten.

Gegen sie – wir waren im selben Jahr geboren – musste ich wie ein erbärmlicher Greis wirken. Über der Jeans trug sie ein Jeanshemd, darunter ein weißes T-Shirt, um den Hals eine Silberkette mit einem ovalen Anhänger, an den Füßen wettergegerbte Cowboystiefel.

In ihrer Stimme, bildete ich mir ein, hallten Echos unserer Jugend wider. Ich wollte sie nicht hören.

»Hab dich trotzdem erkannt. Ich wollt grad wegfahren, als ich dich an deiner Kiste hab stehen sehen. Wozu brauchst 'n du einen Geländewagen? Und wo warst 'n du die ganzen Jahre? In Berlin? Alle Leute haben gedacht, du bist tot. Ich nicht, das schwör ich dir. Du bist abgehauen, und ich hab nie verstanden, wieso. Irgendwann hab ich mir gedacht, du wirst schon deine Gründe gehabt haben. Was ist mit deinen Haaren passiert und mit deiner Brille? Und ganz schön dünn bist du geworden. Jetzt sag halt mal was.«

Was?, dachte ich. Was sollte ich sagen?

Warum sie? Warum war sie nicht schon weg gewesen?

Oder wäre gar nicht erst gekommen? Oder hätte mich nicht erkannt?

Wie war das möglich?

»Vorhin hab ich gedacht, ich seh nicht richtig. Du schaust aus, als hättst du schwere Zeiten hinter dir. Red doch endlich mit mir, Coelestin.«

Durch meinen Kopf taumelte der Satz: Sie hatte mich erkannt, niemand sonst in drei Jahren. Nicht mal meine Mutter.

Bibiana.

Viel fehlte nicht, und ich hätte gestottert.

»Das ist eine Überraschung«, sagte ich. »Oder ein Zufall. Woran hast du mich denn erkannt?«

»Dialekt sprichst du auch nicht mehr.« Sie sah mich an.

In diesem Blick verlor ich die Orientierung. Das durfte ich nicht zulassen. Ich war nicht mehr in dem Zimmer mit dem Bullauge – und dachte in diesen Sekunden an nichts anderes.

Ich musste hier weg.

»An deinem Gang hab ich dich erkannt. Wie du mit den Armen schlenkerst und schief dastehst. Ganz sicher bin ich mir zuerst nicht gewesen, ist ja logisch nach den vielen Jahren. Aber als du dich umgedreht hast, dann schon. Was machst 'n hier? Lebst du wieder in Heiligsheim?«

»Nein.« Keine Pausen, dachte ich wie einer, der in Panik geriet.

Wieso war ich plötzlich so lächerlich im Innern?

»Nein, ich hatte in München was zu erledigen und dachte, ich könnte meine Eltern überraschen.«

»Oje. Die werden sauber erschrocken sein.«

»Ich hatte vorher angerufen.«

Ihr Blick fiel wie ein Netz über mich. Es kam mir vor, als

würde sogar mein Schweigen darin zappeln. »Wie du redst! Ganz anders als früher. Harte Schule in Berlin, scheint mir. Darf ich dir was sagen? Schau! Daran erkennt man dich: du hast einfach ein krummes Gestell, du lässt die rechte Schulter hängen, immer schon. Ist dir das nie aufgefallen?«

»Nein«, sagte mein Sprecher.

»Du schwindelst. Was ich dir sagen will: Überall Müll hier und altes Zeug, und ich weiß gar nicht, wo mir der Kopf steht vor lauter Arbeit, und dann stehst du auf einmal da, total verändert, aber irgendwie auch nicht. Und je länger ich dich so anschau, frag ich mich, ob ich dich damals wirklich gekannt hab oder ob du mir bloß was vorgespielt hast, was ich nicht glaub. Ich mein das nicht bös, ich bin nur grad erschrocken. Was ist mit deinen Augen passiert? Die waren doch blau früher.«

Ihre Stimme endete so abrupt, dass ich meinen Einsatz verpasste und mein Mund umsonst aufklappte und ich dastand wie ein Idiot mit lauter Abfall im Kopf.

»Hast du einen Unfall gehabt?« Sie deutete auf mein Gesicht mit dem Pflaster und der Wunde.

»Bin gestürzt.« In den Hosentaschen ballte ich meine Fäuste so fest, dass mir die Nägel ins Fleisch schnitten. Aus meinem Mund kamen Worte, die ich nicht losgeschickt hatte.

»Ich trage Kontaktlinsen. Ich wollte dich nicht erschrecken.«

Was mit mir geschah, begriff ich nicht. Und warum wir ewig dastanden, ohne ein weiteres Wort zu wechseln, verstand ich nicht.

Ich hörte ein Hupen, und wir machten zwei Schritte zur Seite. Modell und Farbe des vorbeifahrenden Autos hatte ich schon vergessen, während ich hinschaute.

Als hätten wir uns nicht von der Stelle bewegt, stand Bibiana in unmittelbarer Nähe vor mir. Ich kam nicht aus. Ich wollte das nicht, was sie tat.

Keine Ahnung, wo meine Erinnerung den Geruch von Bibianas Haut gebunkert hatte. Wehrlos sog ich ihn ein.

»Komm her«, sagte sie. »Wird Zeit, dass dich mal wieder jemand in den Arm nimmt.« Dann drückte sie mich an sich. Meine Arme hingen an mir runter. Alles, was ich spürte, war mein Muskelkater vom nächtlichen Schleppen. Mein Herz hatte eine Art Amoklauf begonnen. Dafür verachtete ich mich.

»Ganz ruhig«, sagte Bibiana nah an meinem Ohr. »Schsch. Was ist ’n passiert? Hast du Kummer? Sag ehrlich: Warum bist du zurückgekommen? Und warum hast du dich so verändert? Du weißt doch, dass ich dich immer durchschaut hab, wenn du mir was vorgegaukelt hast. Du bist nämlich ein ewiger Gaukler, weißt du das?«

Endlich ließ sie mich los.

Ihr Blick, dachte ich sofort, war kein Netz mehr, sondern ein Gitter. Und der Gefangene dahinter war ich.

»Ja«, sagte ich. »Aber nur, weil ich spielen wollte.«

»Spielen wolltst du? Was meinst ’n du damit?«

»Spielen eben. Ich war ein Kind, wie du. Und dein Vater wollte verhindern, dass wir spielen. Das ließ ich mir nicht gefallen. Du hattest Angst vor ihm, ich aber nicht. Und ich wusste nicht, was ich tun sollte. Jede Nacht habe ich überlegt, wie ich dich von deinem Vater befreien könnte. Von deiner Mutter auch, die redete immer freundlich mit mir, das war ihre Strategie. Er war gemein, sie war verlogen.

Sie sperrten dich ein, sie verboten dir den Umgang mit mir. Und du wusstest nicht, wie du dich wehren solltest. Du warst niemals feige, obwohl du das einmal zu mir gesagt hast, weißt du noch?

Wir trafen uns unten am See, bei den Schwänen, auf der gegenüberliegenden Seite, weit weg vom Bootsverleih meines Vaters. Da hast du geweint, weil du dachtest, ich verachte dich und wäre nicht auf deiner Seite und würde denken, du lässt dich von deinen Eltern tyrannisieren und verteidigst unsere Freundschaft nicht. So etwas habe ich nie gedacht.

Du warst meine Freundin. Niemand hätte uns auseinandergebracht.

So einfach.

Ich ging aus anderen Gründen weg, die nichts mit dir zu tun hatten. Darüber konnte ich nicht sprechen, du musst mir verzeihen. Wenn ich geblieben wäre, hätte ich deinen Vater vielleicht erschlagen.

Um dich nicht zu erschrecken, spielte ich einen komischen Kauz und brachte dich zum Lachen.

Ich wünschte, dass es eine Schallplatte von deinem Lachen gäbe.

In keiner Minute, die wir zusammen verbrachten, habe ich dich belogen.

Ich starb, als ich dich in jener letzten Nacht verlassen habe, und heut sterbe ich wieder, weil ich der nicht bin, den du siehst. Aber ich lebe gleich weiter, so wie du, und wir werden uns nicht wiedersehen. Leb wohl, Bibiana.«

»Du kannst doch jetzt nicht einfach abhauen«, sagte sie.

»Doch.« Ich wandte mich von ihrem Gitterblick ab und wollte nichts mehr von mir hören.

Ausgetrickst.

»Bist du verheiratet?«, fragte sie.

Unfähig, sie einfach stehen zu lassen oder ihr einfach die Hand zu geben oder einfach nichts zu tun, außer zu verschwinden, ließ ich eine Antwort zu. »Nein. Du?«

»Gewesen. Räum grad meine Wohnung aus und zieh von hier weg, nach München. Ist auch Zeit geworden. Hast du Kinder?«

Ich schüttelte nur den Kopf. Vielleicht ein Ausweg: wortlos bleiben.

»Luggi, mein Sohn, wird heuer schon einundzwanzig. Er studiert Betriebswirtschaft und engagiert sich nebenher bei Greenpeace. Das glaubst du nicht, was der so alles macht. Von mir hat der das nicht, ich bin ja eher faul, wenn ich nicht arbeiten muss.«

»Dein Sohn heißt Ludwig?«

»Genau. Luggi Eberl, so hieß sein Vater.«

»Ist er gestorben, sein Vater?«

»Höchstens für mich. Der lebt schon noch, den bringt nichts um. Hast du eine Freundin?«

»Ja.«

»Was macht die?«

»Sie ist Barfrau.«

»An der Bar ist die? Und du? Bist du auch in der Bar?«

»Ich war früher Besitzer einer Bar.« Das Plaudern fiel mir leicht.

Aber ich durfte sie nicht ansehen, ihr nicht zu nahe kommen.

Ich musste ihre Stimme hören wie die eines Gastes im Blaubart. Als wäre sie unerwartet hereingeschneit und würde sich nur bei ein paar Gläsern wärmen wollen.

»Inzwischen mache ich Musik, schreibe Jingles und manchmal Lieder für Filme. Ich bin ein freier Mann.«

»Du spielst.«

»Was?«

»Du spielst. Wie früher in Heiligsheim, nur jetzt richtig.«

»Ich spiele nicht«, sagte ich.

Die Falte auf ihrer Stirn kerbte eine Art Wunde in meine gottverdammte Erinnerung, die unaufhörlich in mir züngelte.

Früher, wenn etwas sie irritierte oder ein schwieriger Gedanke sie umtrieb, verzog sie den Mund zu einer Schnute und kniff die Augen zusammen. Der Anblick rührte mich jedes Mal bis ins Mark.

Weg damit.

Sie sah mich mit ernster Miene an. »Du sagst, du machst Musik. Und Musik spielt man, oder nicht? Oder wie machst du das?«

»Hauptsächlich komponiere ich.«

»Und davon kannst du leben?«

»Ja. Wo arbeitest du?«

»Zahnarzthelferin, wie immer.«

»Woher hätte ich das wissen sollen?«

»Klar, woher auch? Du bist weit weg. Berlin. Amerika, was weiß ich. Und plötzlich stehst du hier auf dem Wertstoffhof, dürr wie ein Hering, dafür mit einem Riesenauto, sprichst keinen Funken Dialekt mehr, erzählst mir Sachen, die ich nicht recht glauben kann, und behauptest, du wärst Musiker geworden, nachdem du ein Barbesitzer warst. Tolle Karriere, Coelestin.«

Ihr gereizter Unterton half mir auf. »Wie geht es deinen Eltern, Bibiana?«, fragte ich. »Hat dein Vater noch seine Praxis?« Obwohl ich die Antwort schon wusste, wollte ich mich an ihr erfreuen.

»Er ist gestorben.«

»Mein Beileid.«

»Danke. Ist vier Jahre her.«

»Und deine Mutter?«

»Sie lebt noch.«

»Tut mir leid wegen deines Mannes.«

»Was ist mit dem?«

»Dass ihr euch habt scheiden lassen.«

»Wieso tut dir das leid?«

»Ich dachte, es wäre vielleicht schwer für dich.«

»Wir kommen gut damit zurecht, Luggi und ich.« Ihre Stimmung kippte ins Gereizte. Dafür dankte ich ihr im Stillen. »In den letzten Tagen haben wir komplett unsere Wohnung ausgeräumt und alles weggeschmissen, was wir in Zukunft nicht mehr brauchen, oder uns an Dinge erinnert, die wir auch nicht mehr brauchen. Luggi zieht in eine WG und ich, wie gesagt, nach München. Darf ich dich noch was fragen?«

»Ja.«

»Ja!« Sie schaute mich vom Kopf bis zu den Schuhen an. »Was ist 'n mit dir passiert? Bist du krank gewesen? Du machst mir nämlich Sorgen.«

»Ich mache dir doch keine Sorgen.«

»Wieso bist du so erschrocken, als du mich gesehen hast?«

»Du bist auch erschrocken.«

»Klar, weil du dich total verändert hast. Im Gegensatz zu mir, glaub ich. Abgesehen von den Kilos, die ich nicht mehr wegkrieg.«

»Du siehst gut aus«, sagte ich und ertappte mich beim Hinschauen.

»Wieso bist du überhaupt auf dem Wertstoffhof? Was hast 'n du entsorgt?«

»Altes Zeug meiner Eltern. Sie haben mich darum gebeten.«

»Und die haben dich hier reingelassen, trotz deiner Berliner Nummer?«

»Ich zeigte dem Chef eine Vollmacht meiner Mutter.« Das Fälschen solcher Briefe hatte ich schon mit sechzehn beherrscht. Zeitweise war ich auf diesem Gebiet eine Art Sekretär von Wladi gewesen.

»Du siehst sehr mitgenommen aus, Coelestin«, sagte sie. »Müde und alt und irgendwie verwirrt.«

Ich fürchtete schon, sie würde mich ein zweites Mal umarmen. Das tat sie nicht, sondern sie stieß einen Seufzer aus, und es schien, als wäre die Begegnung für sie nun beendet. Aber ihre Miene veränderte sich noch einmal. Ein Furchtschatten verfinsterte ihren Blick. »Nachdem du damals verschwunden warst, sind Gerüchte im Dorf rumgegangen, schlimme Gerüchte, weißt du was davon?«

Ich schüttelte den Kopf, weil ich nicht wusste, was ich sagen sollte.

»Lüg mich nicht an. Ich sprech von Ferdl Ballhaus und anderen Kindern. Du hast die gekannt, du bist mit denen im Feuerwehrhaus gewesen. Haben die dir was erzählt? Von bestimmten Erwachsenen?

Weißt du, wieso ich dich das frag? Weil ich eine Zeitlang gedacht hab, du bist deswegen weg. Du hast was gewusst und Angst gehabt, jemand will dir was antun.

Ich weiß auch noch, an welchem Tag du verschwunden bist. An dem Tag, an dem der Ferdl beerdigt worden ist. Da bist du mit deiner Mutter auf dem Friedhof gewesen, wie wir alle, und am Nachmittag hat niemand mehr gewusst, wo du steckst. Und nur einen Tag vorher hast du zu mir gesagt, dass vielleicht was passiert, was ich nicht versteh. Weißt du noch?

Du wolltst unbedingt mit mir Minigolf spielen, das haben wir vorher nie gemacht. Erinnerst du dich? Den Tag vergess ich nicht.

Du bist ganz anders gewesen als sonst, abweisend, irgendwie erwachsen. Ich hab furchtbar Angst um dich gehabt.

Wir haben gespielt und du hast geredet, und ich hab bloß die Hälfte verstanden. Hast vor dich hin gebrummt. Wie dein Vater. Zwischendurch hast du mich angesehen wie jemand, der was Großes plant. Hab ich mir jedenfalls eingebildet. Wie jemand, der ein Geheimnis hat, das er mit niemand teilen möcht. Und dann, am Tag drauf, standst du am Grab vom Ferdl und ich nicht weit weg von dir. Du hast mich keines Blickes gewürdigt. Dann hast du irgendwas zu deiner Mutter gesagt und bist los. Das war's.

Die Polizei hat rausgefunden, dass du den Zug genommen hast. Sonst nichts. Wie vom Erdboden verschluckt.

Was war 'n da? Jetzt kannst du's mir sagen, ist alles verjährt. Hast du was gewusst?«

»Ich hatte keine Ahnung«, sagte ich.

»Red doch nicht so geziert. Wieso machst 'n das?«

»Ich rede eben so.«

»Du hast nichts gewusst? Überhaupt nichts?«

»Nein. Um wen ging es?«

»Das ist nie rausgekommen. Weiß auch gar nicht, ob das überhaupt stimmt. Und ich bin mit achtzehn hierher gezogen, hab mich nicht weiter drum gekümmert, was in Heiligsheim los ist. Wenn man selber ein Kind hat, denkt man schneller an solche Dinge und wird hellhörig. Also, das hat alles nichts mit deinem plötzlichen Verschwinden zu tun gehabt?«

»Nein.«

»Dann hab ich mir die ganzen Jahre was Falsches eingebildet.«

Neben uns zerquetschte eine Maschine morsche Möbel, Bretter, Kisten und andere Holzteile. Vor einer der Schrottpressen warteten Männer darauf, ihre kaputten Fernseher und sonstigen Elektronikgeräte loszuwerden. Immer mehr Autos rangierten zwischen den weißen Parkstrichen. Mit zielstrebigen Bewegungen schleppten ältere Ehepaare ihr Gerümpel zu den entsprechenden Containern. Ab und zu, hatte ich aus dem Augenwinkel beobachtet, musterte einer der Alten meinen Wagen, betrachtete die Autonummer und legte den Kopf in den Nacken, um den Berechtigungsschein hinter der Windschutzscheibe zu entziffern.

»Was für 'n Zufall.« Bibiana lächelte und seufzte wieder, diesmal kurz und sanft. Ich dachte an etwas und verjagte den Gedanken mit Worten.

»Ich muss aufbrechen.«

»Klar. Wo geht's hin?«

»Heiligsheim.«

»Und danach?«

»Ich habe keine Pläne.«

»Du lügst, aber das geht mich nichts an.« Sie streckte mir die Hand hin. »Wiedersehen. Gott mög dich schützen.«

»Dich auch.« Ich nahm ihre Hand und hätte schwören können, dass die Hand dieselbe war wie einst auf dem Minigolfplatz. Ich hatte ihr zum Sieg gratuliert, und sie hatte mich verständnislos angesehen. Wahrscheinlich hatte sie mir auf der Straße einen flüchtigen Kuss gegeben.

Daran erinnerte ich mich nicht mehr.

Im Rückspiegel sah ich sie vor ihrem grünen Opel mit dem gelben Kotflügel stehen und winken. Und als ich ein zweites Mal hinschaute, winkte sie immer noch.

Man durfte mir nicht winken. Das ertrug ich nicht.

Am Straßenrand von Hofern, einem Kaff fünf Kilometer von Heiligsheim entfernt, entdeckte ich ein Gasthaus. Zum Glöckner. Ich stellte das Auto auf den Parkplatz und setzte mich drinnen an einen Tisch mit Blick zur Straße. Außer mir saßen am Stammtisch beim Tresen noch drei Männer und eine Frau um die siebzig, in ein Gespräch über Brandschutz und den Wendehammer für den Schneepflug vertieft.

Nach dem dritten Bier bestellte ich ein viertes. Ich schaute durch die Gardine, an der armseligen Grünpflanze vorbei, nach draußen. Autos fuhren vorüber. Eine Gruppe von fünfjährigen Jungen und Mädchen, die sich an den Händen hielten, wartete an der Ampel auf Grün, bevor die beiden Kindergärtnerinnen sie auf die andere Seite scheuchten. Frauen mit bunten Kopftüchern trugen Einkaufstaschen nach Hause. Ein grauer windiger Nachmittag auf dem Land.

Bibianas Parfüm hatte sich in den Härchen meiner Nase verfangen. Auf dem Klo rieb ich Seife in die Nasenlöcher und spülte ausgiebig. Fünf Minuten später war der Geruch wieder da. Oder ich bildete ihn mir ein – wie sich Bibiana einen Grund für mein Verschwinden eingebildet hatte.

Unabsichtlich betrachtete ich die Hand, die ich ihr gegeben hatte. Der Druck ihrer Finger war noch da. Oder ich bildete ihn mir ein – wie sich Bibiana ein Verbrechen an Kindern eingebildet hatte.

Weil sie nicht aus meiner Vorstellung verschwand, holte ich mein Handy heraus, tippte eine Nummer und hielt die Hand übers Telefon, damit den Dörflern keine Fledermausohren wuchsen.

»Ich bin's«, sagte ich ins Telefon.

»Hab schon darauf gewartet, dass du mich anrufst. Wie geht's Gregors Bruder?«

»Er lebt noch. Ich soll dir von Gregor ausrichten, dass er nicht mehr zu dir zurückkommt.«

Wie erwartet, brach Sima nicht vor Enttäuschung zusammen. »Er hätt mich selber anrufen können.«

»Wie geht's dir?«

»Gut.«

»Streich Gregor aus deinem Gedächtnis.«

»Schon passiert.«

»Du hast ihn nie kennengelernt.«

»Wen?«

»Ich melde mich wieder.« Ich steckte das Handy ein und tat, als bemerkte ich die Blicke vom Stammtisch nicht.

In einem Anfall von Selbstüberlistung hatte ich gedacht, durch das Vernichten meiner Schulhefte, Gedichte und Liedtexte einen Haufen Abfall aus meinem Kopf beseitigen zu können.

Seit einer Stunde waren die Kopfschmerzen fast unerträglich. Ich riss mir das Pflaster von der Stirn und warf es in den Aschenbecher. Mir fiel auf, dass auf jedem Tisch einer stand, obwohl man in Gasthäusern nicht mehr rauchen durfte. Das wiederum fand ich lustig. Ich begann zu lachen – derart ausgiebig und inbrünstig, bis die Wirtin an meinen Tisch kam und mir ihr verhutzeltes Gesicht hinhielt. Ich sah sie an und hörte abrupt auf zu lachen. Die

Gespräche am Stammtisch verstummten. Sekundenlang waberte die Stille durch den Raum wie unsichtbarer Rauch.

»Noch einen Wunsch?«, fragte die Wirtin. Sie trug einen schwarzen Rock und eine weiße Bluse. In beides passte ihr Körper gerade so hinein.

»Noch ein Bier, bitte.«

»Vielleicht auch was zu essen?«

»Nein.«

Wäre ich ein stotternder Schwarzer aus Namibia gewesen, sie hätte keine größere Fuhre Missbilligung in ihren Blick geschaufelt.

So waren die Leute in diesem Landstrich. Ich kannte sie von Kindesbeinen an. Selbstgerecht, handelten sie im Namen ihres barmherzigen Herrgotts. Ach, Gott.

Wer war ich, Anklage zu erheben?

Auch ich handelte im Namen des Herrn. Gelobt sei Jesus Christus.

Ob sie mir zusahen, als ich mich an meinem Fenstertisch bekreuzigte, interessierte mich nicht. Allmählich wich der Druck. Ich trank einen Schluck, verscheuchte Bibianas Anblick im Rückspiegel, trank einen weiteren Schluck, rieb meine Hände so lange aneinander, bis jede fremde Berührung von ihnen abfiel, trank noch einen Schluck.

So würde ich über die Runden kommen, den Tag beenden und, wenn es dunkel wurde, restlos verschwunden sein.

Was ich danach tun wollte, wusste ich noch nicht. Vielleicht schaute ich heimlich an meiner alten Wirkungsstätte vorbei, trank einen Wodka an der Bar. Niemand würde mich erkennen. Der neue Besitzer, Nachfolger meines ehemaligen Partners Emil Paulsen, bürstete im Vollbesitz seiner Eitelkeit garantiert gerade seinen Schatten, und ich würde mich fragen, warum er den Namen Le-Chok-Bar beibehalten hatte. Vielleicht kehrte ich an den Stuttgarter Platz zurück, schlich um die Häuser, bezahlte hundert Euro für ein lausiges Getränk und einen ungebetenen Busen in der Pussy Bar.

Die Welt war ein wundersames Gehege und Dragomir ein Wundertier.

»Stimmt so.« Ich legte einen Fünfzig-Euro-Schein auf den Tisch.

»So, so«, sagte die Wirtin anstatt Danke.

Während ich aufstand, drehte sie den Schein in den Händen und hielt ihn gegen das Licht. Beinah hätte ich ihr auf die Schulter geklopft.

In meinem Wagen hing der Gestank nach der Matratze, auf der mein Gast gelegen hatte, dem Bettzeug und meinen versifften Klamotten.

Bei geöffnetem Seitenfenster fuhr ich weiter Richtung Heiligsheim. Dreieinhalb Stunden hatte ich im Glöckner gesessen. Besser hätte ich die Zeit nicht nutzen können.

Ich drehte den CD-Spieler bis zum Anschlag laut: Once upon a time there was a tavern, Where we used to raise a glass or two. Remember how we laughed away the hours, Think of all the great things we would do … Those were the days my friend …

Aufs Lenkrad trommelnd, raste ich über die Landstraße. Kühe flogen an mir vorbei, Pferde und Wälder voller Rehe und Hirsche, Füchse und Hobbits, Höllenhunde, Bauernhöfe. We'd sing and dance forever and a day. We'd live the life we choose …

Dies war mein Leben, und ein anderes unmöglich.

Als Diener der Straßenverkehrsordnung bremste ich

beim Ortsschild ab und tuckerte mit fünfzig durch den Ort, in dem sich allem Anschein nach das Leben in Grenzen hielt.

Über dem Eingang der Pumpe brannte kein Licht. Wäre Verschwendung gewesen am Ruhetag.

Mary Hopkin sang ihr Lied zum zweiten Mal, die Lautsprecher vibrierten. Der Edle Ritter Hartmann ragte in den sinnlosen Himmel. Als ich meinen Blick vom Denkmal abwandte, erschrak ich und trat auf die Bremse.

Dank ausgereifter Technik und meines Reaktionsvermögens überrollte ich den Rollstuhlfahrer nicht.

Eine Frau in einem dunklen Mantel schob einen alten Mann über den Zebrastreifen. Nach meinem Bremsmanöver drehte er den Kopf. Eingefallene Wangen, unrasiert, trübe Augen. Sein Blick aber war noch nicht verwest.

Die Frau, die ich nicht als Ehefrau meines alten Bekannten identifizierte, blieb stehen und sah ebenfalls zu mir.

Offensichtlich war die große Zeit des agilen, allseits beliebten Zahnarztes Dr. Vitus Hofherr vorbei. Er war aus dem Klinikum entlassen worden, definitiv nicht geheilt. Passiert.

Ich saß hinter dem Lenkrad und erwartete das Weiterrollen des siechenden Mörders. Kurz überlegte ich, ob ich ihn zu Hause besuchen und in einem unbewachten Moment mit Vogelbeeren füttern sollte. Dann verwarf ich die Idee wieder. Zu aufwendig.

Als ich von der Alten Straße auf den Weg zu meinem Haus abbog, sah ich zwei Frauen auf der Hausbank sitzen. Die eine trug Schwarz, die andere Blau. Die eine war alt, die andere jünger. Die eine trug einen Hut, die andere ihre weißblonden Haare offen. Meinem ersten Eindruck nach verharrten sie in Schweigen.

Ich parkte den Wagen und stieg aus.

Beide Frauen hoben gleichzeitig den Kopf.

»Da sind Sie ja endlich«, sagte Anna Darko.

»Grüß Gott«, sagte die Frau in Schwarz, die meine Mutter war.

17

Ich sagte zu ihnen, sie sollten sitzen bleiben, ich würde ihnen Kaffee und Gebäck servieren. Sie lehnten ab. Glück für sie.

In meiner Küche gab es weder Kaffee noch Gebäck noch sonst irgendwas zu essen und zu trinken. Die letzten Reste lagen im Müllcontainer hinterm Haus.

Wenn ich mich nicht täuschte, hatten beide Frauen dieselben Sachen an wie auf der Beerdigung des Apothekers Rupp.

Als ich näher kam, nahm die Kommissarin aus der schwarzen Ledermappe, die sie neben sich gelegt hatte, ein Blatt Papier und stand auf. »Wir haben uns zufällig auf der Straße getroffen, Frau Geiger und ich. Sie hat mir gesagt, sie sei auf dem Weg zu Ihnen, und ich hatte dasselbe vor. Leider habe ich ihr eine traurige Nachricht überbringen müssen. Deshalb komm ich auch zu Ihnen, Herr Dragomir.«

In mir breitete sich eine wohlige Ruhe aus. Ich verschränkte die Hände hinter dem Rücken und fabrizierte ein teilnehmendes Gesicht.

»Herr Gregor Geiger ist tot aufgefunden worden.«

Der Nachricht entsprechend, warf ich der alten Frau auf der Bank, der Schwägerin des Verblichenen, einen zwischen Traurigkeit und Betroffenheit oszillierenden Blick zu. Natürlich hatte ich keinen Spiegel parat, um meinen Blick zu überprüfen.

»Hatte er einen Herzinfarkt?«, fragte ich.

»Wie kommen Sie darauf?«

»Eine Vermutung.«

»Hat er mit Ihnen über eine Herzerkrankung gesprochen?«

»Das glaube ich nicht.«

»Versuchen Sie, sich zu erinnern.«

»Nein«, sagte ich. »Wenn er eine Krankheit erwähnt hätte, würde ich mich daran erinnern. Hatte er einen Unfall?«

»Darüber kann ich Ihnen keine Auskunft geben. Sein Leichnam ist in der Gerichtsmedizin. Die Kollegen von der Mordkommission sind zuständig.«

Spielend stellte ich Erstaunen her. »Er wurde ermordet?«

Alles, was kam, war in Ordnung, dachte ich. Früher oder später würfelte der Zufall, und die Koordinaten stimmten nicht mehr. Kein Grund zur Panik.

In meiner Jacke befanden sich die Glock und das Schweizer Messer. Auch wenn ich unbewaffnet gewesen wäre, hätte ich die neue Situation angenommen und mich arrangiert. Hatte ich immer getan. Zeuge: Max Mustermann. Grüß Gott, Herr Doktor, sagte ich stets zu ihm, und: Auf Wiedersehen, Herr Doktor. Jeder von uns hatte seinen Beschützer gesiezt. Ländliche Höflichkeit. Natürlich.

Ob acht, ob neun, dreizehn oder vierzehn: Sie, Herr Sau. Reine Erziehung.

Ob Gregor Geiger gewaltsam zu Tode gekommen oder einem Unfall zum Opfer gefallen war, behielt die Kommissarin für sich. Ungefragt, ging sie um mein Auto herum, begutachtete die Reifen, die Lichter, die Schleifspuren im Lack.

»Ist das Ihr SUV?«, fragte sie.

»Ja.«

»Sie waren kürzlich auf lehmigem Boden unterwegs.«

»Wo ich Lehm sehe, fahre ich rein.« Ich unterdrückte ein Lachen. Stattdessen bemerkte ich, dass die alte Frau auf der Hausbank unruhig hin und her rutschte.

»Komisch ist das alles eher nicht.«

»Sie haben recht.« Ich drehte mich zu der Alten um. »Ganz vergessen: Mein herzliches Beileid zum Verlust Ihres Schwagers.«

»Danke.« Unter Mühen erhob sie sich, strich ihren Mantel glatt, zupfte am Hut und heftete ihren Blick auf mich – wie beim Leichenschmaus im Postillion. Auch die Kommissarin schien in Erinnerungen zu schwelgen.

»Was ich Sie fragen wollte«, sagte Anna Darko. »Wieso sind Sie eigentlich auf der Beerdigung des Apothekers gewesen? Haben Sie ihn so gut gekannt?«

»Meine Bekannte, Frau Lange, hat darauf bestanden, dass ich sie begleite.«

»Aber Sie sind nicht in der Kirche gewesen.«

»Ich hatte verschlafen.« Eines war klar: Seit Anna Darko sich in Heiligsheim aufhielt, hatte sie kein Gramm abgenommen.

Nach einem flüchtigen Blick auf das Blatt in ihrer Hand wandte sie sich an Johanna Geiger. »Ich möcht Sie nicht aufhalten, Sie sind gekommen, weil Sie mit Herrn Dragomir sprechen wollen. Den Namen meines Kollegen, der Sie anrufen wird, hab ich Ihnen schon gegeben, und ich denk, er wird sich heut noch melden und Sie bitten, die Leiche zu identifizieren. Sie wirken sehr gefasst, Frau Geiger.«

Nach alter Väter Sitte faltete die Hinterbliebene die Hände vor dem Bauch. »Er hat immer sein eigenes Leben geführt, nach seinen Regeln. Niemand konnte ihm dreinreden, er hat gemacht, was er wollte. Ich weiß nicht, was in letzter Zeit in ihm vorging. Wir haben praktisch nicht mehr miteinander gesprochen. Eines Tages war er verschwunden.« Sie zuckte mit der Schulter und sah zu Boden.

»Wie damals Ihr Sohn«, sagte Anna Darko.

Frau Geiger sah mich an. »Ich müsste mal austreten.«

»Natürlich.« Ich holte den Schlüssel aus der Tasche, ging zur Haustür und sperrte auf. Als Frau Geiger an mir vorbeiging, roch ich ihr süßliches Parfüm, das mir bekannt vorkam. Wieder streifte mich ihr Blick, der so verschlossen war wie ihr Mund. Wenn sie nicht sprach, versanken ihre Lippen in der grauen Haut.

Mit ernster Miene, dem Geschehen angemessen, kehrte ich zur Kommissarin zurück. Sie hatte das Blatt in dic Mappe gelegt und kritzelte etwas in ein Notizbuch mit braunem Ledereinband.

Ich stand so da, schaute zum Wald, stellte mir ein Reh vor, dem ich winken könnte, und überlegte mir Gesprächsstoff.

Schon fiel mir ein Thema ein: Ich.

»Manchmal«, sagte ich, und sie kritzelte weiter, »sehe ich nachts draußen im Feld ein Licht. Als würde mich jemand beobachten. Sind Sie das?«

Sie klappte das Buch zu, steckte den Stift in die Schlaufe an der Seite. »Was für eine absurde Idee. Übrigens hab ich mich unverbindlich bei meinen Kollegen in Frankfurt umgehört. Über ein Antiquitätengeschäft Dragomir haben die nichts rausgefunden, auch nicht bei der Friedhofsverwaltung. Von einem Ehepaar, das in den Bergen tödlich verunglückt ist, ist nichts bekannt. Im Rathaus in Heiligsheim kann sich auch niemand an eine Familie aus Frankfurt erinnern, die regelmäßig ihren Urlaub hier verbracht hat. Und ich hab mit einer Dame gesprochen, die seit fast vierzig Jahren für den Tourismus zuständig ist und sämtliche Stammgäste kennt. Können Sie mir meine offenen Fragen beantworten?«

Höflichkeitshalber nahm ich die Hände aus den Taschen. »Die Leichen meiner Eltern wurden eingeäschert und in Offenbach beigesetzt«, sagte ich. »Von dort stammte mein Vater. Und wenn sich im Dorf kein Mensch an uns erinnert, dann kann ich das nicht ändern.«

»Frau Geiger beteuert, dass sie kein Ehepaar Dragomir kennt.«

»Schade. Und auch egal.«

»Bleiben Sie in Heiligsheim?«

»Wo sollte ich hin? Ich habe das Haus gekauft.«

»Gut. Meine Kollegen und ich werden Sie in den nächsten Tagen aufsuchen und befragen. Kann auch sein, dass Sie nach München zum LKA und zur Mordkommission in Bad Aiken kommen müssen. Sie sind ein wichtiger Zeuge. Wir wären Ihnen sehr dankbar, wenn Sie für uns erreichbar blieben.«

»Natürlich.« Und ich fügte, dem Zeitgeist huldigend, hinzu: »Gerne.«

»Noch was anderes«, sagte die Kommissarin. »Heut Vormittag wollt ich mit Frau Lange sprechen, aber sie hat nicht aufgemacht. Ein Nachbar hat mir erzählt, er hätt die Wirtin und Sie gestern Nacht zusammen gesehen. Stimmt das?«

»Das stimmt. Ich war bei ihr in der Kneipe und habe sie nach Hause begleitet. Wir haben noch ein Glas bei ihr getrunken, dann bin ich gegangen.«

»Um wie viel Uhr?«

»Gegen zwei.«

»Zwei Uhr morgens.« Sie stand mit dem Rücken zum Haus. Hinter ihr kam die alte Frau aus der Tür. Erst beim zweiten Hinsehen erkannte ich, was sie in der Hand hielt.

»Wozu brauchst du so ein Ding?« Johanna Geiger hob den Baseballschläger hoch. »Der liegt gut in der Hand und ist überhaupt nicht schwer.«

Als die Kommissarin sich verdutzt umdrehte, schlug meine Mutter, nahezu ansatzlos, zu. Den Luftzug des Schlages spürte ich im Gesicht.

Anna Darko kippte zur Seite. Bevor sie noch einmal den Kopf heben konnte, zertrümmerte ihr meine Mutter den Kehlkopf. Ein gezielter Treffer, der mich derart verblüffte, dass ich gebannt den am Boden liegenden, zuckenden Körper anstarrte, bis dieser den ewigen Pensionszustand erreichte.

Meine Mutter ließ den Schläger fallen. Erschüttert von einem Beben, streckte sie den Arm aus. Ich griff nach ihrer Hand. Wortlos führte ich sie zur Bank. Sie sackte nach unten, ballte, wie ich es immer tat, die Fäuste und verharrte, nach vorn gebeugt, einige Sekunden. Mit einem ungeahnten Schwung stand sie wieder auf.

»Wir haben keine Zeit zu verlieren«, sagte sie. »Du musst abhauen, und vorher muss die Leiche weg. Am besten in den Keller damit.«

Weil ich nichts erwiderte, schlug sie mir gegen die Brust. »Glaubst du, ich hab dich nicht gleich erkannt? Auf der Beerdigung. Ich bin deine Mutter. Wenn wir uns eher begegnet wären, hätt ich mit dir gesprochen. Vielleicht würd dein Onkel dann noch leben.«

»Spielt keine Rolle«, sagte ich. »Warum hast du das gemacht?«

»Wurde Zeit. Die Kommissarin hat vorgehabt, dich ins Gefängnis zu bringen. Ich hab vieles falsch gemacht im Leben, viel zu viel. Das grad war richtig.«

»Was ist mit Vater?« Die Frage war dem Worteknäuel in meinem Hirn entschlüpft, ohne dass ich es wollte.

»Er ist vor ungefähr einer Stunde gestorben, in meiner Abwesenheit.«

Bei Sonneneinstrahlung hätte ich den Schatten eines Dorftrottels geworfen.

»Schau nicht so blöd«, sagte meine Mutter. »Doktor Demmel wird Herzversagen feststellen, mehr nicht.«

»Und warum …«

»Brauchst du nicht zu wissen. Ich helf dir mit der Leiche. Die Polizistin hat deine Autonummer notiert, sie werden in ganz Deutschland nach dir suchen.«

»Bayerische Polizei«, sagte ich. »Bis die reagieren, bin ich weit weg.«

»Sie wollen den Apotheker exhumieren. Angeblich ist er nicht einfach ersoffen, sondern ermordet worden.«

»Möglich wär's.«

»Dacht ich mir.«

Dann packte ich den übergewichtigen Körper der Kommissarin an den Beinen, verbot meiner Mutter, mir zu helfen, und schleifte ihn ins Haus.

Im Wohnzimmer lehnte meine Gitarre an der Wand. Hatte es nicht übers Herz gebracht, sie zu entsorgen.

»Die Leute«, sagte sie, »sehen mich seit Jahren durchs Dorf hatschen. Jeden Tag. Die denken sich nichts dabei, wenn ich zum Koglfeld geh und wieder zurück. Ich bin schon öfter an deinem Haus gewesen, auch nachts. Ich war das mit der Lampe. Hat mir keine Ruhe gelassen, dass du hier bist und nicht erkannt werden willst.

Ich hab nie dran gezweifelt, dass du eines Tages wiederkommen würdest. Ich hab nie geglaubt, dass du tot bist. So was weiß eine Mutter.

Für deinen Vater warst du gestorben, wen wundert's. Was sein Bruder getan hat, hat ihn nicht interessiert. Aber ich weiß, dass sie darüber geredet haben, alle, der Apotheker, der Gemüsehändler, der Bankdirektor, der Zahnarzt. Das von Doktor Hofherr hätt ich nicht für möglich gehalten. Du fragst dich, warum ich nichts getan hab. Warum ich sie nicht bei der Polizei angezeigt hab. Warum nicht?

Kann ich dir nicht sagen. Will ich dir auch nicht sagen. Ich hab nichts gewusst. Und als ich was gewusst hab, war's zu spät, und im Dorf hängt keiner den anderen hin. Das gehört sich nicht. Alle wissen alles, aber das bleibt geheim. So ist das hier.

Und jetzt ist mir egal, was du getan hast. Wahrscheinlich hast du das Richtige getan, wie ich vorhin.

So ein Zufall, dass ich grad heut wieder auf dem Weg zu dir war. So treff ich die Kommissarin, sie teilt mir den Tod meines Schwagers mit, und ich mach auf trauerndes Familienmitglied. Mach ich seit Jahren, das kann ich.

Wenn ich nicht da gewesen wär, hätt dich die Kommissarin mitgenommen. Das durfte ich nicht zulassen. Verstehst du?

Was für ein Glück, dass du den Schläger gekauft hast und dass der griffbereit in der Diele rumstand. Das war eine Eingebung.

Sonst hab ich dir nichts mehr zu sagen. Ich seh dich an

und denk: dein Leben war nicht glücklich. Andererseits: Glück, was ist das? Reden wir nicht drüber.

Schau, dass du verschwindest, wieder mal. Diesmal kommst du nicht wieder, das musst du mir versprechen. Du entsorgst den Schläger, dann das Auto, dann tauchst du unter. Du hast garantiert genügend Kontakte in die Unterwelt. Hier bist du fertig.

Irgendwann, ich schätze mal, morgen oder übermorgen, werden sie das Haus aufbrechen und die Leiche finden. Glaubst du, jemand kommt auf mich als Täterin? Seh ich so aus, als könnt ich einen Menschen mit einem Baseballschläger töten? Ich?

So ein friedliches Dorf, wird's heißen, und dann so was. Wenn die Journalisten kommen, macht der Postillion endlich mal ein Riesengeschäft, und der Riedl mit seinem Gästehaus am See genauso und die anderen mit ihren garni-Läden. Alles bestens.

Die Gitarre nehm ich mit. Hab früher mal gespielt, du wirst dich nicht dran erinnern. Schade, dass ich dir mein musisches Talent nicht vererbt hab. Und jetzt schleich dich.«

Sie nahm meinen Kopf in beide Hände, küsste mich auf die Wangen, brannte ein letztes Mal ihren Blick in mein Gesicht und schob mich ins Auto.

Ich wollte noch was sagen. Sie wandte sich mit einem entschlossenen Ruck ab. Auch als ich mit offenem Seitenfenster um sie herumfuhr, während sie sich auf der Gitarre abstützte, beachtete sie mich nicht. Ich drückte aufs Gas, und der Kies spritzte unter den Rädern.

An der Abzweigung der Alten Straße zur Hauptstraße sah ich am anderen Ende einen Streifenwagen. Wahrscheinlich hockten wie immer die Obermeister Richter und Henning drin, bereit, die Bronx gegen Außerirdische zu verteidigen.

Ich bog ab und beschleunigte. Wie der Auftrag der Polizisten lautete, war eindeutig: Bewachung des Hauses des Verdächtigen ohne Eltern und Vergangenheit.

Nach dem Ortsschild trat ich das Gaspedal durch. Hinten rollte der Baseballschläger über die Ablagefläche und knallte bei jeder zweiten Kurve gegen die Verschalung.

Die Frau, die meine Mutter war, hatte keine Bedeutung mehr.

Bibiana, die mir zu nahe gekommen war, würde künftig nur noch Menschen mit aufgerissenen Mündern nahe kommen und zu einem dentistischen Lächeln verdammt sein.

Was war, versank im Nebel – wie das Dorf in jedem November, wenn die Geister des Königs durchs Koglfeld irrten, auf der Suche nach der Liebe ihres Lebens oder sonst einem Phantom.

Von der Ponta da Piedade aus würde ich übers Meer schauen und auf Sebastian warten, Tag um Tag, in absoluter Gelassenheit, befreit von Kapital und Gier.

Ein Chriesiwasser – Haselnuss oder Mirabelle – hätte ich jetzt gern getrunken. Spielte keine Rolle.

Regina Wer?

Als ich endlich den CD-Spieler einschaltete, sprang das Reh auf die Straße.

Vergilbte Haxen, weißer Hintern, fettes Vieh.

Ich riss das Lenkrad nach links. Der Wagen schoss über die Straße und wickelte sich um einen Baumstamm, der in der Mitte splitterte.

Während der Motor eine Stichflamme ausspie und Sekunden später der Wagen vollständig ausbrannte, ohne dass ich eine Chance hatte rauszukommen, riss ich mir wie der Dorftrottel die Klamotten vom Leib. Jacke, Hemd, Hose, Schuhe, Socken – alles, keine Ahnung, warum.

Und ein Gedanke raste wieder und wieder durch mich hindurch.

Einmal noch von einem Vierzehnjährigen geduzt zu werden, wär wahrscheinlich wunderschön.

18

»Und du? Was willst du mal werden, wenn du groß bist?«

»Pfarrer.«

»Warum möchtest du Pfarrer werden?«

»Dann kann ich zu den Menschen immer Vergebung sagen.«

»Was willst du ihnen denn vergeben, Coelestin?«

»Dass sie Menschen sind.«

der Missbrauch = abuse

die Honorationen = the notabilities

verdrängen = to supplant or repress

die Wut = the rage

die Oberhand = the upperhand

erlangen = to reach, achieve or secure

durfte sie brennen = they should burn.

das Opfer = the victim

die Schuld = the guilt

der Wahn = the delusion

schlank und scharf = slender + sharp

satt an = full of ...